En el Lost 'n' Found

Santiago Vaquera -Vásquez

SEd Suburbano Ediciones

Diseño de cubierta: Gastón Virkel

ISBN-10 0989095355

ISBN-13 978-0989095358

Santiago Vaquera-Vásquez (Willows, California, 1966) es unrepentant border crosser, y ha sido locutor de radio y pintor. Es autor de la colección de cuentos *One Day I'll Tell You the Things I've Seen* (2015), *Luego el silencio* (2014) y *Algún día te cuento las cosas que he visto* (2012). Su trabajo literario se ha publicado en antologías en España, América Latina y en Italia: *Malos elementos. Relatos sobre la corrupción social* (2012), *En la frontera: i migliori raconti della letteratura chicana* (2008), *Pequeñas resistencias 4* (2005), *Se habla español* (2000) y *Líneas aéreas* (1998). Sus cuentos también han sido publicados en revistas literarias, incluyendo: *Etiqueta Negra, Los noveles, Paralelo Sur, Revista 0, Camino Real* y *Ventana abierta*. Doctorado en Letras Hispánicas de la Universidad de California, Santa Barbara, actualmente es profesor de Hispanic Southwest Literature y Escritura Creativa en el Departamento de Español y Portugués en la Universidad de Nuevo México. También ha trabajado como profesor en la Universidad de Iowa, Penn State y Texas A&M y ha impartido cursos en la Universidad de Salamanca y la Universidad de Alcalá de Henares.

Para los compañeros y las compañeras.

Y para ti, que siempre has estado allí.

"éste es el éxtasis de la perfección:
mantenernos perfectos en nuestras incompletas
búsquedas".

—Juan Felipe Herrera

"listen
carnales listen
to the hymn of it, the lie of it, the
prayer of it, the voices
singing our names: listen
it's our story, it's our song".

—Luis Alberto Urrea

"Prefiero no olvidar
la sucesión de sueños rotos, pues sería
igual que querer quemar la historia".

—Tino Villanueva

"Antes que la morada, interroga el umbral".

—Edmond Jabès.

Allá del otro lado

La línea tiene muchas historias.

Una vez, mientras esperábamos cruzar, mi madre me contó cómo pasaron al otro lado mi padre y ella. No les fue difícil. Quizá porque lo hicieron en los sesenta, décadas antes de que las varias operaciones de la migra hicieran que el cruce fuese de alto riesgo. Quizá fue porque al ser de la frontera nadie los cuestionó al llegar a la garita en un Mustang blanco prestado. Para el guardián era una pareja de teenagers enamorados. Una de esas parejas de buena pinta que cruzaban para pasear. Caminar por el centro de Calexico. Ir a El Centro de compras. O quizás ir hasta Brawley para tomar un helado. Y después de recorrer un rato, volver a Mexicali. Quizá eso fue lo que pasó por la cabeza del guardián al dejarlos pasar así nomás. Tan fácil. Tan rápido.

Estoy esperando en una fila larga. A mis dos lados hay otras filas, muchas. Todavía falta que pasen unos quince carros antes de que me toque cruzar. Miro los carros en las otras filas, los conductores, las caras. Algunos están cansados, otros aburridos, algunos angustiados y a unos pocos se les nota nerviosos. Hace calor y estamos todos esperando en hileras largas para cruzar la línea, ese cruce que en otros lugares se llama frontera.

Ya no es tan fácil, ni tan rápido, cruzar la línea.

Miro el puente, donde hay otras filas de gente que espera cruzar a pie. Entre las filas de carros pasan vendedores ambulantes, gente de la Cruz Roja pide donaciones, chicos avanzan hacia los carros con botellas de agua para limpiar los parabrisas y un hombre con muletas pide limosna. Pasa un hombre vendiendo periódicos. Varios denuncian la masacre de 72 migrantes en Tamaulipas. Muchas víctimas quedan sin identificar. Pienso en uno de ellos, uno anónimo. Uno o una que decidió hacer el brinco de su país a los Estados Unidos. Uno o una como aquellos que caminan por entre las filas. Uno o una que no llegará a su meta. Uno o una que solo quedará registrado como número: migrante aún no identificado.

El migrante aún no identificado nunca saltará esa línea, esa franja que en otras partes se llama frontera.

Mis padres hicieron ese brinco al otro lado y se fueron al norte de California. Después, el Mustang prestado se convirtió en la manera de escape de mi jefe. Luego de trece años en el norte, se regresó al sur con una nueva mujer y un hijo al punto de nacer. No lo volví a ver hasta veinte años después, en su funeral. Pienso en la gente que lo despidió en el panteón bajo un cielo azul y el calor de agosto. Gente como él, que cruzó sin papeles para ganarse la vida allá en el otro lado. Algunos se quedaron, otros volvieron y unos desaparecieron para quedar como recuerdos del tío o el primo o el padre que se fue.

Mi jefe murió el mismo día en que un migrante anónimo fue asesinado en Tamaulipas junto a 71 otros compañeros que quizá apenas conocía.

Un migrante aún no identificado, que dejó su país para cruzar al otro lado. Quizá se fue porque tenía una esposa joven y esperaban un hijo. Quizá convencido por un contratista, alguien que le prometía hartos dólares y más allá en el norte. Quizá tenía algún pariente allá, alguien que lo pudiera ayudar con un buen jale para poder pagar al contratista. En vez del Mustang prestado se fue a pie. En Chiapas se habrá subido a la Bestia, ese tren que va de sur a norte cargado con muchos migrantes sin documentos. Quizá supo de los peligros: la posibilidad de ser encontrado y deportado; si no tuviera un pariente que ayudara con el gasto, la posibilidad de convertirse en esclavo para un cartel donde tendría que trabajar harto para pagar lo que debía, y si tuviera familia, la posibilidad de perder un dedo, una mano, un brazo, si no pudiera pagar. Pero el peligro sería poco frente a la posibilidad de las ganancias allá en el otro lado.

Allá del otro lado de la línea. Ese border que en otras partes se llama frontera.

Estoy cerca de la garita. Veo que al acercarnos a la línea los que estamos esperando cambiamos de rostro. Hay expectativa en algunos, impaciencia por poder cruzar, nervios en unos pocos. Todos anticipamos las preguntas del guardián, el que nos puede rechazar o dejar pasar la puerta de la línea. El que nos hará una entrevista para ver si merecemos estar del otro lado. La entrevista de entrada que nos llevará a California o a revisión secundaria, donde agentes de la migra inspeccionarán el carro con mucho escrutinio.

El migrante aún no identificado nunca conocerá la línea.

Nunca podrá añadir su historia al otro lado, como hicieron mis padres. Nunca conocerá las filas largas para cruzar la línea. Nunca pasará por los campos de algodón en Texas; por los campos de fresa, los huertos de naranja, los viñedos de California; por los meatpacking plants del Mid-West; por los edificios altos de Chicago y New York City.

Nunca conocerá el frío invernal del North East, la primavera en el sur. Quedará solo como un número en las estadísticas de la triste historia de la migración y un recuerdo en su familia: el tío o la tía, el hermano o la hermana, el que se fue al otro lado y nunca regresó. Quedará como mi padre, un recuerdo borroso de una figura despidiéndose en la puerta de la casa.

Me toca el turno. El guardián se fija en mí detrás de sus lentes oscuros, mi pasaporte en una mano. Revisa el viejo Mustang blanco que llevo.

Me pregunta: ¿qué trae de México?

Nada. Nada más que mis muertos, quiero contestar.

Simplemente respondo: nada.

15

En el Lost 'n' Found

Sonámbulo

Meses después, la misma pesadilla: me ahogaba en la acequia y la corriente me llevaba al túnel debajo de la carretera. Mi hermano Todd también sufrió y había noches en que lo veía nadar desde su bolsa de dormir, alzar los brazos, agarrarme y terminar respirando profundamente.

Todd era sonámbulo. Soñaba con tal ferocidad que nuestra madre tuvo que cerrar la puerta de la habitación con llave para que no saliera. Por años vi cómo intervenían sus sueños en su vida: compartíamos cuarto. Pateaba el aire. Empezaba a aplaudir. Actuaba escenas de *Star Wars*. Una noche en que a la jefa se le olvidó atrancar la puerta, salió a la calle. Lo seguí. Pasamos las casas, algunas oscuras, otras iluminadas con una lámpara en espera del regreso de alguien. Me quedé parado en la esquina y miré hacia el cielo, a las estrellas que iluminaban el firmamento, su luz distante nos llegaba fría. Sentía que todo lo que traía el nightworld se me venía encima. Tuve que seguir a Todd, que ya me adelantaba tres casas. Estaba en la casa de mi tía y temía que ella saliera para ver qué pasaba. Ella estaría en la sala, con la lámpara prendida, esperando la llegada de mi tío. Mis primos Daniel y Carmela tal vez estarían también, casi dormidos mientras la tía esperaba el Mustang blanco. Años después, me dijo Daniel que de niño no entendía por qué esperaban, pero luego se dio cuenta de que lo hacían porque la presencia de ellos protegía a su madre en las noches en que su papá regresaba borracho y dispuesto a aventar golpes. Caminamos por el vecindario hasta que pude regresar a Todd a la casa. Al final, tuvo que dormir en un sleeping bag para restringir sus movimientos. Su voz en el teléfono. Casi inaudible. Ronco. Hay mucho ruido en la línea, como si me llamara a través de una tormenta o desde otro planeta. No ha dormido en una semana. De niño fue sonámbulo; ahora, insomne. Lo imagino parado allí. Demasiado flaco. La mirada distante, vacía. Rascando las cicatrices en los brazos. Me cuenta de su viaje a Soledad. Miro por la ventana. Nieve. Su voz a cinco mil kilómetros: él en San Francisco, yo en Hanover, New Hampshire. Tengo una foto cerca. Estamos en una colina; detrás hay una acequia y un olivar. Lleva ese look con que regresó después de su primer año en Cornell: pantalones kakis, camisa de franela abotonada hasta el cuello. Nadie sabía por qué había regresado con ese estilo muy de East L.A. En cambio yo estoy como siempre: pantalones de mezclilla, camiseta negra con el logotipo del Green Lantern y zapatillas Nike.

Se fue a Soledad porque le dijeron que allá podría encontrar a nuestro padre. Nunca entendí su insistencia en buscarlo. Creo que pensaba que lo podría salvar. Todd siempre ha sido así: busca a gente desamparada para intentar salvarla. No sé, tal vez pensaba que él mismo se podría salvar.

Una mañana, Todd salió a caminar hacia unas colinas. Por el desvelo todo estaba más intenso: los colores, el ambiente, el paisaje. Se quedó clavado con las texturas de un STOP. Tenía unas manchas que parecían comerse las letras mientras que estas se derretían.

Raro, ese. Toqué el letrero y sentí una vibra extraña. La neta. Como que estaba alive. Sentí que las manchas avanzaban hacia mí. Quité la mano y no sé, de repente me entró un cansancio enorme. Me quedé dormido allí. Debajo del letrero.

Dice todo esto y luego da un suspiro largo.

Por un rato no habla y oigo el ruido de la línea mezclado con todos los sonidos del nightworld, la noche y todo lo que contiene.

Soñó que se encontró con nuestro padre. Estaba inclinado contra el STOP cuando lo vio en un carro negro. Todd se levantó y lo llamó, pero el jefe no lo escuchó. Puso marcha al carro y se fue hacia la sierra. Todd empezó a perseguirlo. Corrió y corrió, pero nunca pudo alcanzarlo. Se resbaló en una colina y se quedó tirado en la tierra.

Cuando desperté, estaba completamente solo en el campo. Rasguñado. Sangraba de la rodilla.

¿Y?

Y nada. Volví como pude al cámper. Nunca encontré al jefe. Siempre llegaba cinco minutos después de que se había ido. Solo me encontré con su eco y su ausencia.

Un largo silencio. Alguien se acerca a mi hermano y le pide algo. No contesta. Luego oigo que está respirando hondo.

Te salvé broder. ¿Te acuerdas? ¿Esa vez, cuando te caíste al ditch?

Of course. Maybe alguna tal vez te salvo a ti.

Lo dudo, ese. Mira, checa lo que te voy a decir. Ready? Dile a la jefa que ya sé cómo termina todo esto.

What?

Ruido blanco en la línea. Unos tosidos. La voz ronca y perdida que viene desde el fondo de una tormenta.

Ya se cómo termina todo esto.

Y luego silencio.

Me quedo con el auricular en la mano. Oigo el viento. Cierro los ojos y miro el STOP. Las letras derritiéndose. Las manchas negras que se comían la señal. El eco de una persona que ya no quería ser salvada.

Entre caminos

Una noche tuve problemas para dormir. Sentía que llevaba algo por dentro. El corazón me latía más rápido. Tenía problemas con la respiración. Sentía que me ahogaba. Pensé que era un ataque de asma, aunque nunca había sufrido de eso. Sudaba. Oía en la distancia los camiones en la carretera. Sentía el peso de la noche. Abrí la ventana, pero todavía notaba que me faltaba aire. Decidí salir al porche.

Problems sleeping, ¿m'ijo? La voz de mi tía Elena casi me paró el corazón. Estaba sentada en su silla favorita. Fumaba un puro. El humo le salió de la boca y veía cómo ondeaba en el aire antes de desaparecer.

Le contesté que necesitaba aire.

A mí me pasa también. It's the road, Daniel. Es el camino que te llama. Lo sé porque a veces todavía me llama. Pero ya no me quedan tantas fuerzas para aceptarlo. Solo puedo salir aquí al porche. Tomar un poco del aire de la noche. Escuchar los carros en la distancia.

Ese verano trabajaba en una escuela de verano en Hanford. Para ahorrar en la renta, mi tía Elena me invitó a que me quedara con ella. Y aunque vivía en Lemoore, a media hora en carro de Hanford, acepté la oferta. En realidad no era mi tía, era tía de mi padre. Pero desde niño la llamaba tía. Y cuando mis padres se divorciaron y mi jefe se regresó a México con su nueva familia, mi tía Elena siguió

21

buscándonos. Cuando mi jefa necesitaba alguna ayuda, allí estaba mi tía. A diferencia de las hermanas de mi madre, quienes solo estaban contentas con nosotros cuando no les pedíamos nada, mi tía Elena estaba dispuesta a ayudar con cualquier cosa.

Parado allí en el porche, miré a la calle oscura que pasaba frente a la casa. Mi tía me ofreció un vaso de agua de la jarra que tenía a su lado. Después de fumar un poco más, me empezó a contar de una vez que se fue de la casa.

Cuando tenía dieciocho, en 1958, crucé el estado en camión con un gringo. Estuve fuera de casa por todo el verano.

Su familia en esa época vivía en Selma. Ya no vivían en el acampado para migrantes —qué suerte tienes que a ti nunca te tocó vivir en los migrant camps, m'ijo. Awful places—: tenían una casa cerca del centro. Pequeña. Pero era tierra y eso era lo que buscaban sus padres. Tierra que era para ellos. Tierra para cultivar. Tierra para echar raíces. Su papá plantó algunos árboles frutales —naranja, durazno— y su mamá cultivó chiles y frijol. La tía incluso podía caminar a la escuela, al high school: ya no tendría que irse en el schoolbus amarillo. Todo parecía perfecto, hasta que una noche despertó con una ansiedad.

The road, m'ijo. Me explicó. Sometimes te llama. Y es una llamada que no se puede esquivar. No hay mástil suficiente para atarse contra el llamado, ni cuerdas tan fuertes. It's the road. Hay que aceptar lo que te pide. Es algo que tenemos en la familia. Esta necesidad de estar en movimiento. Tu papá la tiene terriblemente. Y ya que es mujeriego y bebedor, tantito peor. Una vez me vino a visitar. Llegó todo machín en ese Mustang blanco que dizque fue prestado. ¡Se quedó con el carro! En fin, que me viene con que había dejado a su mujer y que quiere a otra más joven. Típico. Lo mandé a la chingada. Me reclamó el muy cabrón que no me había enojado cuando los dejó a tu mamá y a ustedes. Le contesté que tu madre tenía más tanates que él y que la mejor decisión que hizo fue mandarlo a la calle. En fin, desde entonces no lo he vuelto a ver. Y creo que al final se volvió con esa señora que tenía cuando los dejó a ustedes. Cabrón.

Mi tía suspiró y se puso a ver la noche. Y luego empezó a contarme de ese verano de 1958 cuando se fue con un gringo a San Francisco.

Salió durante la noche y se puso a caminar sin rumbo fijo. Me contó que hacía calor y que se puso a caminar con la idea de que necesitaba aire para refrescarse. Llegó a la estación de autobuses y se sentó en una banca. Miraba a la gente que esperaba, todos con maletas viejas, cajas atadas con cuerdas, o simplemente bultos amarrados. Los miraba y reconocía que muchos eran trabajadores migrantes, iban hacia el norte para la pisca de la nectarina o el durazno, o tal vez iban al sur para la sandía o la fresa. Miraba a la gente sentada allí, en espera del camion. Y le entraron ganas de subirse también. Buscó en su bolsa para ver cuánto dinero tenía y se compró un billete para el primer bus que pasaba. Iba para San Francisco. Mientras que todos se empujaban para subir con sus maletas, ella subió rápido con lo único que llevaba: su bolsa pequeña. El camión siguió la ruta 99 al norte y paró en ciudades y pueblos como Fresno, Merced, Turlock, Modesto, Salida, Manteca. Se quedó despierta todo el viaje, sentada al lado de la ventana. Aunque era de noche, se imaginaba todos los campos por donde pasaban, los huertos de almendra, de aceituna, de naranja y de uva. En Sacramento, cambió a otro bus y se fue hacia el oeste con paradas en Tracy, Dublin, Pleasanton, Oakland y, finalmente, San Francisco.

Cruzamos el Oakland Bay Bridge, y cuando vi las luces de la ciudad, los edificios altos y la bahía... m'ijo, it was so beautiful!

En Modesto se subió un tipo que se sentó a su lado. Cargaba una mochila vieja y una guitarra. Llevaba jeans sucios, una camiseta negra, una camisa de franela, una barba de tres semanas y un sombrero pequeño. Empezaron a hablar. Había viajado desde New York, haciendo dedo y subiéndose de vez en cuando a los autobuses.

Me contó que su compañero era un músico. De esos que se encontraban por todas partes en esa época. Había músicos de todo tipo: mariachi, rockabilly, jazz, blues, corridos, boogie-woogie.

Conocí a un dúo norteño que se vino hitchhiking desde el sur de Texas. Por las noches tocaban en las cantinas. Una vez se pararon al lado del fil y nos cantaron. Me dijo y luego se quedó callada unos minutos, con el recuerdo del sonido del acordeón y el bajosexto al lado del campo. Anyway. En esos tiempos había mucha gente on the road. Claro, estaba esa gente que creía que el American Dream era tener casa, ir de compras y tomarse unas vacaciones una vez al año. Awful. No entendían que eso no era el American Dream... Nightmare quizá. No, el sueño verdadero era la posibilidad de un camino. The possibility of movement. No se te olvide que en el 1956 el presidente firmó la acta para la creación de los interstates. No, m'ijo, en esos años los caminos se construían y la gente los tomaba. ¡Cómo soñaba con hacerme toda la Lincoln Highway! Esa que iba de San Francisco hasta Nueva York. O la ruta 66, que iba de Los Angeles a Chicago.

Todo el mundo estaba en movimiento en esos años. Todo. Cuando conocí a Chet... yo tenía un acento todavía y no podía pronunciar su nombre, lo llamaba "Shet"… cuando lo conocí en el bus en Modesto, no sé m'ijo, como que lo vi y me dije a mí misma: "I can travel con este man". Y no te creas. No era bonito el cabrón. No era uno de estos gringos altos, rubios de ojos azules. Era un hombre más bien de estatura mediana. Brown hair, mal cortado. Una barba que en vez de intelectual era más bien fea. Lo que sí tenía eran sus ojos. Grandes, café. Ojos tristes. ¿Y sabes, m'ijo? Siempre hay que tener confianza en unos ojos tristes. Era un hombre para mí. Alguien con quien podía viajar.

Y así fue. Ya al llegar a San Francisco, los dos decidieron estar juntos. Para conseguir algo de dinero, Chet se puso a tocar guitarra en las esquinas. A los dos días descubrió que Elena sabía cantar y allí andaba ella también. Se quedaron en un hotel barato cerca de los muelles. Después de una semana, Chet consiguió un trabajo con algunos pescadores y la tía encontró jale en una cafetería mexicana en el barrio de la misión.

No te creas, m'ijo, it was not easy. Chet lo tuvo más fácil, nos quedábamos cerca de los muelles. Al lado de Chinatown. Yo tenía que viajar mucho para llegar a la misión. However, no me quejaba. Hell no! ¿Pa' qué? Al principio me encantaba subirme al trolebús. Un par de veces incluso me subí al cable car y me agarraba fuerte fuerte cuando subíamos las colinas. San Francisco! What a city! Pero, a la vez, it wasn't easy. Ni Chet ni yo sabíamos qué era eso de estar en un lugar fijo, ni que era eso de compartir un lugar. Many times nos emborrachábamos con alguna botella que conseguía por allí y luego nos dábamos unos agarrones. Otras veces desaparecía por completo. Hasta por tres semanas. Pero siempre volvía el cabrón. Preguntándome: "did you miss me?" Miss him? ¡Ja! Miss him. Le decía que no y luego le trataba como si fuera un estorbo en mi vida.

Se puso pensativa. Me quedé mirando el humo de su puro y las figuras que trazaba en la noche.

Pero la verdad es que sí lo extrañaba. Echaba de menos esos primeros días cuando cantaban en las esquinas, esos días cuando subíamos las infinitas colinas de esa pinche ciudad en busca de algo. Echaba de menos sentirlo a mi lado. Pero cuando regresaba, con esa cara de pendejo y oliendo a otras mujeres… pues me olvidaba de todo el missing him y lo odiaba. I just hated that somenabích. Ese hijo de su tiznada.

Y al final, la llamada. Sintieron la necesidad de partir de nuevo. Se fueron en bus por la costa hasta llegar a Los Angeles. Tenían el sueño de trabajar en Hollywood. No pudieron conseguir trabajo en ningún sitio. Finalmente, ya casi sin dinero, Elena le sugirió que volvieran a su casa, a Selma.

Solo llegaron hasta Bakersfield. Antes de subirse al bus que los llevaría a Selma, ella notaba que Chet andaba raro. Y se dio cuenta en ese momento de que su viaje terminaba justo allí. Los dos se fueron a tomar un café en la cafetería de la estación. Chet miraba por la vitrina, Elena se fijaba en su taza y en la mesa. Habían compartido un trozo de pan del que solo quedaban migajas. Ella se puso a recogerlas, pero algunas se le escapaban. Al final las dejó en la mesa, juntas en un montón. Se levantó y espero que Chet hiciera lo mismo. Se quedó sentado, frente al montón de migajas. Elena no dijo nada y se fue a tomar el bus.

Cuando llegué, esperaba que me pusieran una santa chinga. Pero no fue así. No tanto. Mamá sí que estaba furiosa. Pero mi papá. Papá. Estaba tan contento de que había regresado. Se puso a llorar. Había temido de que me hubiese llevado la migra. Mamá también, después de un rato. Ella pensaba que no fue la migra sino que me había ido con algún cabrón del pueblo. Pero ya sabes, los papás siempre perdonan. Y nunca me preguntaron qué hice cuando estuve fuera. Eso sí, tuve que trabajar reduro. Tuve que hacer el doble en la casa y no me dejaban irme sola ni a la esquina. En chinga me tenían. Y si me invitaban a un baile o a la feria, tenía que llevarme a uno de mis hermanos. Vigilancia constante. No me quejaba. Con esos meses fuera de casa se me quitó lo de tomar calle. Pero claro, eso duró poco. The road siempre gana.

But that's another story, m'ijo.

Y se quedó mirando la noche.

Bajo el mismo cielo de siempre

Xavier encontró un perro. Lo veo acostado a su lado. No ha estado con él por mucho tiempo. Según me contó, salía del mercado cuando vio al perro parado en una esquina. Los dos cruzaron miradas, y el perro lo empezó a seguir. Xavi no hizo ningún intento por correrlo. Cuando se sentó en el parque para comerse un sándwich, el perro se paró también. Cuando entró a una tienda para comprar un refresco, el perro lo esperó. Cuando llegó a casa, se puso a revisar al perro, para ver si tenía alguna identificación, algo que mostrara que tenía algún dueño. No encontró nada. En los próximos días empezó a buscar en los postes de la ciudad algún anuncio para un perro perdido. No encontró nada. Era un simple perro perdido, a la deriva.

Nunca le preguntamos a Xavier sobre Elisa. Cuando se fue, la borró del chip. Era como si el año en que estuvo casado con ella jamás hubiese ocurrido, como si todo lo que había sucedido fuese un episodio del Twilight Zone. Y como Xavi es cuate, nunca le preguntamos acerca de Elisa. Es un dolor que nunca nunca nunca se puede nombrar. Ni la mencionamos, ni yo, que tuve más contacto con ella. Cuando se fue, yo la quise olvidar también: Xavi es cuate.

Domingo por la tarde y allí estamos todos, como siempre: en casa de Xavier. Cuando se casó, su cantón se volvió nuestro lugar de reunión. Es humilde, con dos recámaras y dos baños. Una casa común, de adobe, de esas que se ven en los vecindarios cerca de la montaña. Cuando se casaron los dos dejaron vivir en el centro de Albuquerque para vivir cerca del trabajo de ella. La casa tiene una yarda grande, el patio de atrás también. Elisa había empezado un jardín, pero ya todo se marchitó.

El perro vive en una caja en el patio. Tiene una alfombra vieja —algo de antes, me dijo Xavi— y dos platitos azules de plástico: uno para la comida, otro para el agua. Aunque el perro tiene su casa afuera, cuando nosotros estamos en casa de Xavi, siempre está a su lado. En privado nosotros pensamos que quizá también duerme con él en el cuarto.

No lo sabemos, ni le preguntamos.

No sé por qué, pero pensé en el último perro que tuvimos, Deputy. Un perro mixto. Deputy se fue con Elena. Estuvimos casados casi tres años. Ella se fue. Ahora no sé en qué estaba pensando. Nos conocimos en una lavandería. Estaba medio crudo e intentaba usar monedas mexicanas en las máquinas de lavar. No entendía por qué no entraban. Tenía puesta una camiseta del Chicano Secret Service y ella pensó que era el típico militante latino. Pronto se dio cuenta de que no. Aun así no sé por qué decidió casarse conmigo y venirse a un college town en el centro del país. Después del divorcio, dejé esa universidad y me regresé a mi tan añorado southwest. Caí en un puesto en la universidad en Albuquerque y resulta que Xavi también.

Xavier no me quiso decir el nombre de su novia durante casi tres meses. Supongo que lo hacía para protegerse en caso que su nueva relación se volviera como las demás. La verdad es que no me molestaba que no me lo dijera, aunque Xavier era mi mejor amigo y nos conocíamos desde la secundaria. Reconocía que había sido maltratado en su

30

pasado amoroso y que su necesidad de ocultar el nombre de su chava era más para su bienestar que por nuestra amistad. Pues ya se sabe, somos cuates.

Aunque ni me la había presentado —ni menos dicho su nombre—, entre nuestro pequeño grupo de amigos ni siquiera la había mencionado. Solo yo sabía que tenía novia: era nuestro secreto. Lo que sí hacía era, cuando nos juntábamos para hacer cualquier cosa —ir a nuestro cine favorito, caminar por el centro, jugar el racquetball—, describirla. Pero no de una manera en que ella dominara nuestra conversación. La mencionaba en momentos de transición. Cuando salíamos de la biblioteca, o escuchando algo en la rocola vieja que había conseguido en una tienda de segunda, o al subir a un autobús —siempre teníamos las mejores conversaciones en el tránsito público, cosa que a los demás les parecía loco—, me comentaba que podía reconocer los pasos de ella porque siempre caminaba rápido y el cuarto paso siempre tenía un sonido dubitativo, como si de repente se olvidara de dónde iba; que nunca vestía en pantalones de mezclilla; que le encantaba caminar a su casa porque sabía que ella lo estaría esperando en los escalones frente a su edificio; que a veces hablaba cuando dormía. Así, su imagen se fue construyendo en mi mente como un gran puzzle, hasta que una noche, en nuestro bar favorito, Sister, me dijo: Elisa, se llama Elisa.

Es en el patio donde hacemos nuestras carnes asadas. Xavi es el mejor asador de carne que conocemos. Al llegar a su casa, las brasas ya están calientes, la carne sazonada, las chelas en la hielera y la baraja en la mesa del comedor. Bebemos cerveza fría, comemos bien y terminamos en el comedor jugando al póquer.

El perro de Xavier es café, de tamaño mediano. Se parece a Benjie, el perro chucho de las películas de Disney de los 70. Es un perro serio. Casi no ladra. Tiene unos ojitos negros que parecen que están a punto de brotar lágrimas. Cuando Xavier se cansa de jugar póker, se sale de la mesa y se va a la sala para ver la tele. El perro lo sigue y los dos se quedan callados, frente al noticiero o cualquier programa que haya. A veces me los quedo viendo: Xavi sentado, el perro acostado. La mano de él acariciando el perro sin prestarnos atención.

Me voy a casar con Elisa, Lalo. Me dijo.

Tomábamos café y mirábamos a las beibis pasar por el campus. La verdad no me sorprendía tanto, ya que desde que empezaron a salir juntos veíamos menos a Xavier solo. Ya se habían convertido en Xavieryelisa, o Elisayxavier, un solo nombre, un solo personaje. Antes de verla por primera vez ya la conocía. Xavier la había descrito tanto que ya era también parte de mi vida.

Con ella me siento tan bien, continuó. No he sentido nada similar con ninguna otra. No sé, quizá suene a lugar común decirlo, pero con ella me siento completo.

Lo felicitaba, aunque recordaba las otras veces que lo había escuchado decir cosas similares. Xavier se enamoraba demasiado fácil. Aunque tenía su pegue, él también era muy tímido. Me acuerdo de que en la secundaria las chavas hasta casi se le tiraban en frente y ni cuenta se daba. Creo que se le entorpecía la boca. En muchos momentos lo veía intentar una conversación en un bar con una chava y fallaba. Balbuceaba. Pensé en las otras con quienes se había clavado: muchas de ellas lo habían aguantado hasta un punto y luego se iban. Querían que fuera más aventado.

Una vez salió con una chava que tenía novio cuando la conoció. Dejó al novio cuando estuvieron juntos, no por él sino porque había conocido a otro bato. Xavi se quedó con ella por los primeros seis meses de esa relación. Todos nos reíamos, después él también. Necesitábamos un esquema para descifrar quién le ponía los cuernos a quién. Xavier decía que ella era vulnerable y que él solo la acompañó —de la mano— de un novio a otro. Nos reíamos más. Aunque se metía en relaciones verdaderamente destructivas, al final terminábamos todos con Xavier, apoyándolo. Así son los cuates.

Estás perdido, my friend, le dije.

La boda fue una gran pachanga. Parecía una de esas que salen en las revistas de bodas fantásticas. Todos nos pusimos hasta la madre. No recuerdo mucho de la fiesta después del brindis, y eso también es borroso ya que habíamos empezado a brindar a Xavier la noche anterior en varias cantinas por el centro. De la fiesta, tengo vagos recuerdos: cargamos a Xavier por el salón en nuestros brazos y lo depositamos en la piscina, escandalizamos a la mamá de Elisa, hice mi dirty dancing con no sé quien. Al día siguiente desperté en un cuarto de hotel con una de las primas de la novia.

No sabemos por qué se quedó con la casa. A mí me decía que en realidad no le molestaba vivir tan lejos del campus. Cuando empezó a verse con Elisa ya casi no salía, decía que el centro ya no le parecía tan interesante: los mismos cines, los mismos parques, los mismos paseos. En la ciudad ya no hay espacio, solo se puede imaginar. Ahora, ir al centro para cenar o para ver un concierto era como una aventura para él.

¿Y ese perro?, le pregunté a Xavi cuando vi al perro por primera vez.

33

No sé. Me siguió a casa, me contestó mientras veía la tele. El perro y yo nos veíamos curiosamente. ¿Quién es? ¿Quién es? No sé. No sé.

Una noche, en nuestra época estudiantil, después de beber varios tragos, Xavier me contó de algo que le pasó cuando era niño.

En diferentes etapas, en mi familia teníamos perros como mascotas. A los ocho años me acuerdo de que teníamos una perra que llamábamos con el nombre original de Snoopy. Pero la Snoopy no era beagle como en las caricaturas de Charlie Brown. Era un pastor alemán y grande. Parecía una leona. Jugábamos mucho con Snoopy, salíamos al campo, corríamos en el patio de atrás. Snoopy nos protegía. Pero también era traviesa. Un día se metió a las rosas de mi mamá y destrozó todo. Mamá estaba lívida. Unos días después mi papá nos subió a todos y a Snoopy a la camioneta. Todos nosotros pensábamos que íbamos de viaje y estábamos contentos de que también fuera Snoopy con nosotros. Salimos al campo, lejos de la ciudad. Mis padres estaban sentados en frente, nosotros detrás. Después de pasar un largo rato por los campos de arroz, papá paró el carro. Nos dijo que todos teníamos que quedarnos adentro y él salió y abrió la puerta de atrás de la camioneta. Nosotros no sabíamos lo que pasaba; mis hermanas jugaban con sus barbies y mi hermano veía por la ventana. Papá sacó a Snoopy del carro. Recuerdo que una de mis hermanas dejó de jugar con la barbie y se puso seria. Yo veía como papá forcejeaba con Snoopy para que bajara del carro. Supongo que sabía lo que pasaba, porque empezó a aullar. Nos asustamos un poco. Papá logró bajar a Snoopy y cerró la puerta. Yo estuve a punto de bajarme, pero mamá me ordenó que me quedara sentado. Papá se subió al auto y lo puso en marcha. Nadie decía nada. Mi hermana empezó a llorar, pero mamá le gritó que se callara. Mi hermano se despedía de Snoopy, mi otra hermana se puso a jugar más seriamente con su barbie. Miré hacia atrás, Snoopy seguía el carro, aullando. Papá hundió el pie al acelerador y Snoopy se volvió cada vez más pequeña. Vi a mis padres. Pensé en las veces en que yo hacía travesuras, en las veces que había destrozado algún proyecto de papá o de mamá, en la vez que maté sus flores por echarles demasiada agua. Entonces me di cuenta de que yo también podría ser abandonado. Me aterraba la posibilidad. En ese momento fue cuando me separé de mis padres y de mi familia.

No es que seamos jugadores profesionales, la verdad es que no somos muy buenos. Ni diría que hemos mejorado en los años que tenemos juntándonos. Tampoco jugamos por mucho dinero. Nunca iríamos a Nevada para apostar, ni jugaríamos con alguien que no fuera del grupo.

Empezamos el juego para hacer algo en una fiesta fatal en que nos conocimos. Las personas que estaban allí eran unos freaks. Xavier y yo fuimos porque una chava que le interesaba le dijo que iría. Tenía poco tiempo en Albuquerque y quería conocer a más gente. La anfitriona era una fanática del flamenco y cuando entramos tenía el estéreo a todo volumen con los gritos de un ciego de no-sé-donde y después pasaron a los Gypsy Kings y Azúcar Moreno. Xavier esperaba que en cualquier momento alguien se soltara con unos pasos flamencos. Fernando encontró una baraja y los cinco, que estábamos en una esquina de la sala, empezamos un juego improvisado. Por fortuna, la anfitriona también tenía gatos y Poncho les tiene una alergia terrible. Comenzó a toser, los ojos le empezaron a arder, y finalmente perdió la voz. Con eso los cinco que ni nos conocíamos nos escapamos juntos. Fue afuera donde nos presentamos y decidimos ir a un bar cerca del campus. Cuando llegamos, Fernando sacó la baraja, que también había rescatado de la fiesta.

La chava que Xavier quería ver nunca se asomó por la fiesta.

¿A quién le toca barajar?

Al Beto.

No manches. Una regla antes que nada. Beto no baraja.

¿Qué traes, ca—?

Beto no sabe cómo. Siempre pierdo con él.

Todos le decimos que pierde porque no sabe jugar.

¿A quién le toca?

No es un juego serio. Casi siempre nos ponemos a platicar o a discutir sobre cualquier cosa. Antes nos veíamos en diferentes lugares: algún café, una cantina, el departamento de uno de nosotros. Cuando Elisa y Xavier se fueron a vivir cerca de la montaña, empezamos a reunirnos en su casa. Quizá fue porque Xavi tenía la mejor colección de discos, o porque Elisa preparaba el mejor café que habíamos probado. En fin, allí nos encontrábamos los domingos.

Ella nos aguantaba, quizá porque nunca jugábamos dentro de la casa. Xavier había construido un espacio en el garaje. Lo había alfombrado y tenía una refri pequeña que había rescatado de algún dormitorio. Había también una mesa donde nos reuníamos. A veces Elisa venía para ver cómo andábamos: siempre estaba pendiente de todo. Otras veces ella salía con algunas amigas de su trabajo. Pero casi siempre estaba en el cuarto que habían designado como oficina, preparando actividades para su clase o leyendo alguna novela.

Como era el mejor amigo de Xavi, Elisa empezó a hablar conmigo. Los dos nos llevábamos bien. A veces nos encontrábamos en un Flying Star por el centro. Una vez me invitó a que diera una presentación a sus estudiantes. Les leí un cuento. Lo vi como un performance medio malón, pero según Elisa la clase se quedó fascinada. Cuando me veía con una chica, Elisa me daba consejos, aunque no se los pidiera.

Una vez me preguntó por el divorcio. Le conté un poco. Antes de casarnos empezamos a vivir juntos. Un día ella me comentó que quería un perro. Le dije que ya me tenía a mí. Pero insistía en que quería algo que fuera nuestro. Que en el apartamento donde vivíamos estaban sus cosas y mis cosas, pero no compartíamos ninguna cosa en común. Me pareció muy razonable su argumento, sobre todo porque me lo decía mientras cortaba un pollo con un cuchillo grandísimo. Al día siguiente nos fuimos a escoger un perro. Era un perro negro, mixto, pero que en su mayoría era labrador. Le dimos el nombre de Deputy, en honor de Deputy Dawg —ella quería que lo pusiéramos Xóchitl, pero le dije que no era nombre apropiado para un perro varón—, y pronto se unió a nuestra familia. La parte que más me dolió del divorcio fue perder a Deputy a ella.

Encontrar a Elisa en el centro siempre era un placer. Sus ojos se le abrían más y parecía como que un spotlight se le enfocaba en la cara. Para Xavier ese era uno de sus momentos favoritos con ella, ver esa luz que se prendía. Le gustaba también despertarse antes que ella y estudiarla en la luz que se filtraba por la habitación.

Los cuates se reían, decían que yo andaba "cuidando" a la esposa. Era un chiste muy malo y me encabronaba cuando lo decían. No por mí, ya me conocían y sabían que me había echado unas casadas. Me encabronaba por Xavier. Pues es cuate.

No sé qué voy a hacer con él, me dijo Elisa a los seis meses de casados. Nunca habla, siempre está en su estudio o leyendo algo. No sabía qué decirle. Solo la podía escuchar. Conocía a Xavier y sé que siempre ha sido medio torpe, hasta con las palabras y los sentimientos. Elisa no estaba preparada para entenderlo, ni menos aceptarlo. Le conté chistes malos, le hablé de las chicas con las que había salido, de un programa de televisión que vi, lo que fuese, hasta que se empezó a reír. Le pedí que me hablara de sus estudiantes, que me dijera de sus sentimientos. Le pregunté si había intentado hablar con Xavier acerca de sus pensamientos. Me respondió que sí, claro, pero que nunca daba señas de entendimiento, ni menos de vida.

No sé, no sé, me decía Xavi. De todo lo que hago nada es suficiente. Estábamos en un bar tomándonos unas cervezas. No sabía qué decirle. Solo lo podía escuchar. Me decía que cada vez que intentaba hablarle de algún problema ella le respondía que nada más lo hacía por obligación, que en realidad no estaba interesado en lo que ella pensaba. Según ella, para mí todo está perfecto. Pero no sé qué decir, no sé. Mi silencio se vuelve una capa que demuestra según ella mi gran desinterés. Y tú sabes que sí, que sí que sí la quiero muchísimo. Pero solo dice que ella me cree, que cree que yo creo, que estoy convencido, que la quiero. No sé, no sé.

No sabía qué recomendarles. Solo los podía escuchar. Eso de dar consejos no era para mí, ya se sabe que yo mismo pasaba por momentos en los que me sentía perdido. Lo que sí sé es que los entendía a los dos: estaban en las mismas de todomundo, tanteando por pasillos muy poco iluminados.

Elisa se fue al año. Ya no podía con él, me decía. Siempre parecía distraído, como que no estaba conectado con el mundo. Ella sentía que vivía en una especie de monasterio; los dos compartían el mismo espacio pero no el mismo lugar. Me dijo que unos días tardaba horas en dirigirle alguna palabra. Elisa necesitaba conversación. Xavier no podía. No sabía.

Lo encontré en la oscuridad. Estaba sentado frente a la tele con el control remoto. Zapping. Pasaba de canal a canal. No hablamos por mucho rato. En el aire, los gritos de Elisa antes de marcharse. Platos rotos en la cocina. Sus maletas ya no estaban. Estamos allí, en la oscuridad, solo la luz de la tele mientras, repasa los canales. Zapping. Me quedé con él durante tres días. Hablamos poco. Llamé a su trabajo para avisar que estaba enfermo.

Xavier me dijo que si Elisa lo dejaba que él la olvidaría completamente. Pondría su recuerdo en una caja fuerte y la hundiría en un mar de olvido. Sería la única manera de seguir. Me quedé sorprendido por la convicción de sus palabras. Jamás lo había conocido como alguien que borrara una memoria. Es la única manera, me dice. Y bajó su mirada a su vaso de cerveza, casi vacío.

Elisa vive cerca de aquí. Tiene un apartamento en un edificio cerca de la escuela donde trabaja. Me llamó para decírmelo y darme su número de teléfono. Lo dejó en la máquina. Nunca la he llamado y ella tampoco ha vuelto a llamar. Supongo que se sentirá mal por haber dejaado un mensaje igual al de otras que me han llamado. Pensará que es otro nombre en mi libreta. También se dará cuenta de que no la puedo llamar. Xavier es cuate.

Pero allí está su mensaje. Aún no lo he borrado.

Al final de la jugada todos nos despedimos. Me quedo hasta el final para ayudarlo a recoger todo. Meto las botellas vacías de cerveza en una caja. Él pone los trastos en el lavaplatos. Los dos sacamos la basura al garaje, donde la colocamos en los botes de basura. Después los sacamos a la calle. Al día siguiente pasa el basurero.

Veo al perro de Xavier, y aunque no se parecen para nada, pienso si a Deputy todavía le gusta comer pancakes.

La luna está llena, ilumina toda la calle. Me subo al carro, Xavi y su perro se quedan parados en la banqueta. Es hora de hacer su caminata. No sé por qué, pero pienso en esa canción de Patsy Cline, "Walkin' After Midnight".

Cada domingo Xavier y su perro caminan hasta el edificio de Elisa solo para verla por lo menos un instante. Los dos parados en la esquina, mirando hacia su ventana. Parados debajo de la luz de un poste. En espera.

Nunca me ha dicho que lo hace. Lo sé porque yo también siempre estoy allí. Sentado en el carro, con las luces apagadas, en otra esquina. En silencio. Allí estamos esperando la aparición de Elisa, bajo el mismo cielo de siempre. Estamos esperando su llamada para poder caminar al lado de ella otra vez.

Luna llena, me dice antes de partir. Empieza a caminar por la calle. La noche preferida de Elisa.

Ya sé, le contesto.

Esperar en el Lost and Found

Si no fuera por las chavas, no sé qué haría, Arturo me dice. Le encanta esto de ser profesor porque le gusta conquistar a sus estudiantes.

No le contesto: solo me quedo mirando la taza de café como un tonto. Nunca digo nada. Supongo que Arturo me aguanta porque lo dejo decir sus pendejadas.

Monica me mira con sus ojos claros. Se pasa la mano por la cara para quitar un poco de cabello que le había caído a los ojos. Me gustaría decirle que no se preocupe, que me gusta así, un fleco de cabello cubriendo un mínimo de su rostro. El misterio.

La veo sentada en su escritorio cerca de la ventana. Estoy parado al frente de la clase, con el libro de texto en la mano.

Los lunes por la mañana, Arturo y yo nos encontrábamos para tomar café en la cafetería de la universidad. Siempre me contaba de sus conquistas. Me decía que se le estaba antojando dar cursos a los undergraduate, porque esas chavillas de dieciocho años andaban de cachondas, bien hard bodies, bien tentadoras. Pero también le gustaba dar sus seminarios, siempre llenos con estudiantes graduadas que soñaban con una sesión privada con el profe.

Porque es que también tenía su pegue. De eso nadie podía dudar.

A mí me hace reír el bato. No puedo tomarlo en serio, es como una caricatura. Un player de aquellos. Verlo tirar el rol a una chava es una cosa impresionante. A mí siempre me sorprende que ellas mismas no se den cuenta. Ese bato es un freak, pero también es un buen cuate.

Estamos en el Ruta Maya café. Me acaba de presentar a su nueva conquista, una chavilla rubia con el pelo largo. Tiene unas tetas grandes que piden la libertad de una camiseta negra. Sus pantalones están bien ajustados y delinean unas caderas espléndidas. Arturo le ha pedido que nos traiga nuestros cafés y lo ha hecho. Me dice: Wacha, ése. Desnuda es más impresionante. Sonrío, y la imagino tirándose a los brazos de él, su cabello suelto, su figura cortando el espacio. De repente veo la imagen de Monica, mirándome fijamente mientras empieza a desabrocharse la blusa. Quito la imagen de la mente y le pregunto dónde conoció a esta chava. Una sonrisa le llena la cara.

No sé cómo ha hecho para no tener problemas, especialmente en esta época del sexual harrassment en las universidades. En cuanto me di cuenta de lo que se podría ver como acoso, modifiqué mi estilo de enseñanza. Aunque entre familia y amigos nos acercábamos mucho para hablar y siempre mostrábamos mucho afecto, tocar hombros, abrazos, besos en la mejilla, etc., dejé de hacer esas cosas con mis estudiantes. Pero Arturo no, como que se fue por el otro extremo. Ahora solo lo justificaba como ejemplos de la cultura hispana y si querías conocer la cultura, baby, pues hay que saber de todo.

No es que sea pendejo, pero sí tengo escrúpulos. Bueno, también soy pendejo. Y pendejo de esos, en mayúscula: PENDEJO. Acababa de terminar con mi chava de tres años y la espina aún no se me quitaba, aunque ella se había ido hace unos seis meses. Habíamos vivido juntos por dos años que yo todavía pensaba felices. Ella lo negaría rotundamente. Claro. Así pasa. Antes de cerrar la puerta me había gritado y terminó diciendo que no podía creer cómo se había transformado conmigo. Me acusó de haber perdido su anterior seguridad. Ahora dudaba de todo, por mi culpa.

Por mi culpa, mi gran culpa. Me lo pasé culpándome los próximos seis meses. A los cuatro meses de su ida supe que todo había sido mentira, que me ponía los cuernos con otro y solo me dijo lo que me dijo para poder irse con la conciencia limpia.

Por mi culpa, mi gran culpa. Descubrir la verdad sobre mi ex no me agradó nada.

Después de que se fue, conseguí chamba como profesor en una universidad texana. ¡Texas! ¿Cómo que te vas para Texas, Daniel? Mis cuates me decían. Hay puros cowboys por allí. Puro ranchero. Puro redneck. Te vas a tener que comprar una pickup, comprarte una escopeta, empezar a masticar tabaco. Mi mamá me decía: no es que no quiera que vayas, pero los tejanotes son distintos. Me lo decía, Te-Ja-No-Te, o sea, se creían los meros meros.

Pero ¿qué podía hacer? Empaqué lo que quedaba de mi corazón destrozado en el baúl de mi carro viejo. Puse allí algunas otras cosas, fragmentos de vida: fotos, familia, cuates; una caja de libros, mis ejemplares marcados de García Márquez, Fuentes, Sandra Cisneros, Paul Auster, Rolando Hinojosa, entre otros, para empezar a preparar mi oficina; una máscara de luchador que conseguí en un puesto en Oaxaca —creo era una de las de Mil Máscaras—; una botella de arena de una de las playas de Santa Barbara; unos videocasetes de rock en español que había grabado; un molcajete que me había dado mi mamá; dos botellas de tequila Jimador que me había regalado un cuate —una casi vacía ya que habíamos empezado a tomar una noche después de que se había ido Edaa, la otra estaba llena. También llevaba una cuarta parte de mi colección de compacts y casetes; José Alfredo Jiménez, Antonio Solís, Café Tacuba, Elliot Smith, un mix de Oldies, Caifanes, Lois, the Cure, XTC, Plugz, Mano Negra, Chavela Vargas, New Order, the Pixies.

Las clases no están mal: como es mi primer año el departamento me ha tratado bastante bien. No tengo que preparar tanto para los cursos; lo único es que sí tengo que calificar mucho, pero mucho. Lo bueno es que solo son dos clases, así que tengo mucho tiempo para trabajar en otras cosas. En una de las habitaciones de mi apartamento he puesto mi caballete, también puse más luces para que cuando pintara de noche tuviera suficiente iluminación. Oficialmente debo estar haciendo investigaciones para un libro académico, requisito para obtener el tan deseado tenure. Pero acababa de terminar la tesis un mes antes de salir para Austin y me quedé burnt out, quemado, wasted. Con la ida de Edaa me dediqué por completo a la tesis. Pura evasive action. Ahora estoy de luto, supongo.

Por fortuna, mi otra salida es la pintura, y al llegar mis muebles fue lo segundo que instalé. Primero fue el estéreo, claro. Cuando desempaqué los lienzos que tenía preparados, puse el más grande sobre el caballete. Después saqué una de mis libretas para empezar a dibujar. El lienzo quedó en blanco más de un mes. Cada noche me sentaba con la libreta y llenaba páginas y páginas con imágenes. Antes no preparaba tanto para pintar, pero como había metido todo mi esfuerzo en escribir la tesis, había dejado de hacerlo. Salía al balcón para ver las luces de la ciudad, llamaba a amigos, pasaba horas surfeando internet. A veces me llegaban emails con noticias de Edaa, que salía con un abogado a quien conoció en un singles party. Me decían los cuates: es triste.

Algunas amigas hablaban mal de ella: si la veo le voy a sacar sus lying eyes y tirarlos a los tiburones. Todos me preguntaban si me había comprado botas de vaquero.

Una tarde, sentado en la mesa que puse en el balcón, estaba corrigiendo las composiciones de mis estudiantes de segundo año cuando una en particular me hizo parar. Era una descripción de un prado que quedaba cerca del edificio de administración. La gramática no estaba muy bien, pero el sentimiento que se describía me afectaba. Hablaba del atardecer y de estar recostada sobre el pasto y mirar cómo el cielo cambiaba de color y cómo todo se volvía más silencioso. Vi el nombre de la estudiante, una chava llamada Monica —sin acento— Roura. No pude situarla en la clase. Soy malo para los nombres y aún no me había memorizado los de los estudiantes. Al principio veía a todos mis estudiantes iguales; no fue hasta unas semanas que empecé a distinguirlos. Monica no fue la primera que saltó, ya que casi nunca hablaba en clase. Pero cuando le regresé su composición lo primero que noté fueron sus ojos.

Hay chavas de una belleza extraña, que son como personas diáfanas, que no parecen caminar por el mundo sino flotar. Monica, una chava de ascendencia venezolana, era una de ellas. A veces la encuentro en Book People, o en Waterloo Records. Me ve y sonríe y se ruboriza un poco. Tiene unos ojos entre verde y azul claros. No los he podido descifrar. Se mueve con la facilidad que uno tiene a los veinte años. Y no es la chava más impresionante de mi clase en cuanto a lo físico. Pero tiene un aire extraño, algo así como tristeza, algo así como que está extraviada.

Los fines de semana me gusta caminar por South Congress. Hay como cinco tiendas juntas que venden nada más que cosas viejas, cosas usadas, cosas tiradas o cosas perdidas. Los llamo los Lost and Found. Pasaba horas de tienda a tienda, mirando las multitudes de objetos extraviados y reencontrados. Casi nunca compraba, solo me interesaba ver qué tipos de cosas la gente tiraba. Pensaba en sus historias. Encontré unas fotos viejas, algunas eran postales de estrellas de Hollywood —Buster Keaton, Heddy Lamar— otras de gente desconocida —una muchacha joven con un ramo de flores, una familia al lado de un lago— vi varias cámaras viejas, pensaba en las memorias que habían atrapado. También vi muchos platos finos, vasos de cristal, cubiertos de plata. Cuando me preguntaba Arturo sobre mis fines de semana, contestaba, Ya sabes, just hanging out at the lost and found.

Llego temprano a la clase y Monica está acostada en el suelo enfrente de la puerta. Está leyendo; mientras me acerco la veo, un brazo extendido con el libro en el aire, el otro apoyando su cabeza. Sus piernas largas en pantalones de mezclilla, cruzadas. Me ve, baja el libro y me mira directamente a los ojos, una sonrisa en sus labios.

La pintura que empecé es un fragmento de un retrato. Solo se ve de los hombros hasta un poco debajo de los ojos. Una mano toca un cachete. Es una cara delgada. En el fondo hay un campo verde y un cielo azul. Cuando Arturo ve el dibujo me dice que me faltó lienzo, que corté la cara. Me dice que qué bien que no fui fotógrafo.

Mando emails a los cuates, ¡Estoy pintando! Uno contesta, ¿Casas? Una amiga me felicita, sabe que después de todo es lo más importante en mi vida. Me dice que Edaa, después de hacer el singles party circuit de nuevo había empezado a preguntar por mí. Todos fingían demencia, que no sabían nada de mí. En su caso particular, le dijo a Edaa que me había ido tan triste que había cortado los lazos con todos de Santa Barbara, que me había ido jurando que jamás volvería y que para mí, Santa Barbara fue una pesadilla.

Cuando camina por el campus parece que no está. Camina como si no fuera parte de esta geografía texana. Camina como si perteneciera a otra dimensión, una donde no hay ángulos, solo curvas leves. Su cabello es largo y lacio. Es delgada. A veces nos encontramos en camino a la clase. Cuando camino a su lado me doy cuenta de lo mal que lo hago, tengo una postura rara, parece que peleo contra el aire para seguir enfrente.

Me veo gastado a su lado.

Edaa me llama. No sé dónde consiguió mi número. Pero afortunadamente no estoy cuando llama. Solo me deja un mensaje. Hola, Daniel... estuve pensando en ti... call me. Arturo escucha el mensaje y me dice que tiene una voz cachonda. Tengo ganas de romperle la cara.

Una noche la encontré en Sol y Luna. Estaba con unas amigas. Llevaba un vestido corto negro, sus piernas parecían una pregunta cuya respuesta era su cara. Por fortuna no estuve con Arturo sino con Alberto, quien estaba de visita. No se veía muy contenta. Sus amigas querían salir y la sacaron, aunque tenía trabajo que hacer. Entre ello, terminar las revisiones en una composición para mi clase y estudiar para un pequeño examen. Cuando me vio, se le fue todo el color de la cara. Después me comentó Alberto, que estaba de visita, que él no podría ser profesor, que él se lo pasaría enamorándose de las estudiantes. Le contesté que eso es un problema en el principio pero que después pasa. No le dije que tenía a Monica on my mind en ese momento.

Un día, ella está allí. La encuentro sentada enfrente de mi oficina. Esperando.

Edaa. No sé qué decirle. Tengo los cuadernos de mis estudiantes en los brazos. Me sonríe y se me acerca. Los reencuentros nunca son fáciles, pienso. ¿Qué le digo, qué le digo, qué le digo? ¿Qué le digo para que entienda cómo he pasado los últimos meses? ¿Cómo le explico de mi vida nueva? No sé. No sé. Está allí parada enfrente de la puerta de mi oficina y no sé qué decir, de repente mi vida se ha convertido en una película sin sonido.

Estaba en Austin para una entrevista en AMD. También tenía ganas de verme. Estaba alojada en el Omni Hotel del centro, la compañía lo había pagado todo. Cuando vio que tenía tiempo libre, decidió ir a la universidad para buscarme. Me dijo todo esto mientras inspeccionaba mi oficina. No notó que no tenía ninguna foto de ella, o si lo notaba, lo disimulaba. Me preguntó por unas botellas vacías que tenía en un estante. Le contesté que las había conseguido en una de las tiendas de objetos usados que había cerca de mi apartamento.

¿Vives cerca de second hand stores? Me miró. No, le contesté. Son objetos extraviados, lost and found, cosas para los que viven a la deriva.

No me dijo nada.

Casi nunca habla en clase. Pero siempre está atenta. Tiene una postura perfecta y veo que, aunque no capta todo, siempre me pone atención. No me puedo dirigir mucho a su parte de la clase, no quiero dar la impresión de que le pongo demasiada atención. Sus ojos me siguen mientras hablo. Los siento en mis labios.

48

Caminamos, Edaa y yo por el campus. De repente se acerca y me da un beso. Me quedo sorprendido. Estoy feliz, me dice. Creo que me puedo acostumbrar a esto, a tanto cielo. Tiene una sonrisa en la cara y me toma la mano.

Miro a mi alrededor y veo a Monica enterrando su cabeza dentro de un libro.

Salimos a cenar. La llevé al Bitter End, porque sabía que no le gustaría ir a Curra's o al Sol y la Luna. ¿Qué me quieres decir con traerme a un lugar con este nombre?, me dice. No le contesto, había pensado en que la comida es muy buena, aunque solo venden cerveza que hacen allí. Tenía ganas de beberme todo un barril de Shiner Bock. Arturo se juntó con nosotros; estuve muy contento de verlo. Se portó bastante bien durante la cena, pero también vi que la estaba estudiando. Contó chistes, habló de su juventud en Tucson, no se parecía como el depredador que conocía. Nos reímos mucho.

Quiere que la lleve a mi apartamento, quiere ver dónde vivo. Arturo se tiene que ir, le dijo a Edaa que tenía que calificar y a mí me da una mirada que sé que tiene una sesión privada con alguna estudiante. El bato es un tiburón. Como en mi oficina, Edaa inspecciona todo. Se queda mucho rato enfrente de la pintura que casi tengo terminada.

Me dice: no se parece a mí. Antes decía que todo lo que pintaba era un reflejo de ella.

Le ofrezco un café que tomamos después en el balcón. ¿De veras estás contento aquí? ¿No extrañas el mar? Miro hacia las luces de downtown, le contesto que sí estoy a gusto.

Y un día ella ya no estaba. La llevé al aeropuerto, no dijimos mucho en el viaje.

Quería que le dijera algo, que todo saldría bien, que todo sería como antes. No lo pude decir. No pude. No quise. Edaa miraba por el cristal. Quería que me regresara con ella. No hice nada. Se me acercó y me dio un abrazo fuerte. Me dijo que pensaría en mí, que me llamaría en cuanto llegara a casa.

Sabíamos que no lo haría: ya no había historia entre nosotros. Una semana después, Arturo me dice que Edaa lo había llamado con el pretexto de que quería saber más de mi situación. Pero él sabía la verdad. Ella empezó a tirarle frases con doble sentido y él resistía mientras que ella atacaba por varios ángulos. Conozco a Edaa, cuando quiere algo, lo consigue.

Me imaginé el encuentro entre los dos, él intentando sacarla para que hablara en claro, ella circulando, buscándole ganar. Me imaginaba dos viejos tiburones. Al final ella lo invitó a Santa Barbara. Pero él siguió resistiendo. Sé que lo había pensado mucho, y me impresionó que me lo hubiera dicho. Buscaba de mí alguna aprobación. Me sorprendió su devoción a nuestra amistad.

Le dije: knock yourself out, vete a Santa Barbara, a mí no me molesta. Pero, al decirlo, sabía que él no iría a Santa Barbara. Era territorio de Edaa. Le iba a proponer una zona neutral. No sabía qué esperaba de ellos, si que uno devorara al otro o que los dos se cancelaran, se volvieran un cero. Y me di cuenta en ese momento de que la verdad era que no me molestaba que los dos se encontraran. A mí ya no me importaba que hubiese amado a Edaa o que hubiese sufrido con su partida. La veía más allá, más lejos del olvido: era alguien que antes conocía. Lo que pasara entre ella y Arturo sería solo otra anécdota para contar en algún lugar de Austin.

Un domingo asoleado. Arturo está en California, creo que en San Francisco. Salgo a caminar, tomo un café en Jo's. Subo hacia los Lost and Found. Me encuentro con Monica en el Tin Horn. No la había visto en meses, desde el final del curso. Se ve que está triste. Tiene la mirada baja. Intenta mostrar que todo está bien cuando me ve, pero no puede disimular. Estoy parado frente a ella. Me siento a su lado. No le digo nada. ¿Qué podría decir? Ella quiere decir algo. Pero no sabe cómo. Ni yo lo sé. Pienso en los objetos que nos rodean, los monitos de madera, las cámaras viejas, los vasos de cristal, los letreros antiguos. Me gustaría decir algo, pero no debo.

Estamos allí, los dos, esperando en el lost and found.

En el Lost 'n' Found

Ella está allí

Por eso de la vecina y su novio empecé a caminar de noche. Caminaba por las calles silenciosas; a veces me sentaba en una banca frente a mi edificio mientras escuchaba los batos del barrio entrar a la oscuridad del parque. A mí nunca me molestaban: ya me conocían como vecino. La mera neta es que tampoco sé por qué no. Quizá porque reconocieron en mí la separación y el rechazo. Quizá no me veían porque desde que Alina se fue me había vuelto invisible.

Uno piensa que el dolor del olvido pasará, hasta que un día, efectivamente, pasa. Y caminas contento por las calles con la noción de que la tormenta ha pasado. Pero en un momento, por alguna razón, la que sea —el suspiro de su perfume preferido, un hombre vendiendo libros en la esquina donde esperaron una vez a que terminara de llover, la luz de la luna iluminando un callejón, unos vecinos haciendo el amor— de repente recuerdas.

Regresaba a mi apartamento muy tarde esperando que para entonces los vecinos ya estuvieran dormidos. A veces no atinaba y regresaba en plena gozadera. Me metía a la cama y podía escuchar los gemidos de la vecina. Intentaba no escucharlos, cubrirme la cara con una almohada, meterme al fondo del colchón. Pero muchas veces no estaba cómodo y tenía que sacar la cabeza por debajo de las cobijas y las almohadas. Mi cuarto está al otro lado del suyo y estoy seguro de que las paredes están hechas de papel de cartón. Pienso también que quizás por alguna razón arquitectónica mi apartamento es una bocina gigantesca que magnifica hasta el sonido del café hirviendo en el apartamento de al lado.

Los susurros.

Las llamadas telefónicas.

Todo.

A veces sus gozos me llevaron a dormir en la sala.

Despertaba con ellos y nos encaminábamos al baño donde nos duchábamos, a veces ellos juntos, a veces él solo y ella hablándole desde el cuarto. Salíamos limpios y nos íbamos a la cocina, donde preparábamos café. Después del desayuno, a veces se regresaban al cuarto y yo terminaba de vestirme. Siempre salía yo antes que ellos, ya que tenía que abrir la librería donde trabajaba.

No quería pensar en Alina, piel morena, ojos verdes, cuerpo que hacía perder el sueño. Desde la última vez que sus piernas la habían encaminado por el pasillo que daba a la calle no quería recordarla. Mi corazón cicatrizado estaba cubierto de hule. Cualquier golpe se regresaría con más fuerza al punto de origen. Era mi protección.

Pero la neta es que no había dejado de buscarla, la veía en cualquier mujer latina de la ciudad, con su piel morena, pelo negro negro y pantalones de mezclilla bien ajustados. Pensaba en ella cuando tenía que pasar por su barrio, cuando me sentaba en el parque para leer, cuando tenía que ir de compras al supermercado y me perdía en la sección de vegetales buscando los ingredientes de un caldo que me enseñó a preparar.

Este caldo revive a cualquiera, te protege de los dolores, y si los tienes, te cura, me dijo. Y siguió con: Xavier, te lo juro, estaré aquí siempre.

Una noche desperté porque los vecinos gritaban. Ella le decía que necesitaba un poco más de espacio, que él pasaba demasiado tiempo con ella. Yo suponía que lo que quería era más espacio para poder salir con otras personas.

Esto lo pensé la primera vez que la vi afuera con sus amigas. Casi no la reconocía. Aunque era una chava bella, hasta dolía mirarla a veces, esa vez la vi, no sé, distinta. Llevaba una blusa bien escotada y una falda que delineaba muy bien su cuerpo. Esas tetas son de antología, me dijo mi cuate Luis Humberto cuando la vimos en el bar con sus pechos casi en la cara del mesero. Él no dejaba de mirarla; yo no le ponía atención, ya que estaba en el puro centro de una despedida larga y terrible con Alina. Ella se quería ir y yo quería irme con ella.

Olvídala, bato, cuando uno empieza la despedida, no se puede parar hasta el final, decía Luis Humberto.

Sí, pero ya me quiero bajar, le contestaba.

No me puso mucha atención. Checa mejor a esa chava, buenota y todo, allí en su blusa está la poesía.

Después me di cuenta de que ella quería separarse del novio porque descubrió que él la engañaba con muchas otras. A él le gustaba salir para ligar. Lo vi varias veces en unas cantinas haciendo el escándalo con alguna chava. Ese bato me cae mal, señaló Rolando con su cerveza. Se cree tigre. No le contesté. Más que nada el bato se creía poeta, siempre lo veía en la librería buscando algún libro de poesía para conquistar chavas. Les tiraba unos versitos, hacía el rol y así pudo.

Además de también ser muy guapo. Al bato no le faltaba nada.

Y es que los dos parecían modelos. Yo me los figuraba como la pareja perfecta, él alto y moreno, ella esbelta y pálida. Podían tener lo que querían y supongo que ellos lo sabían. Lo veía caminar por el vecindario hacia el edificio de su chava y era el rey del barrio. Caminaba como si fuera torero. Ella también dominaba su espacio, no dañaba nada a los ojos en verla. Cuando puso fin a la relación, él estaba seguro de que ella quería salir con otro.

No pues, ya que quiere su espacio libre del novio, ¿por qué no nos insertamos en la suya?

Esa chava jamás nos va a pelar.

¿Cómo crees? ¿Así estamos de feos?

Feos no, pero chavas como la vecina son intocables, creo que ya nacen con novios, y si dejan a uno pos siempre hay otro bato en fila. Nuestros números nunca llegarán.

Ya la conocía. Desde la vez que le dijo al novio que quería su espacio sabía. Alina empezó así. Un día está uno caminando alto alto, al lado de su chava, el rey de la vecindad. Caminando por aquí, caminando por allá. Siempre con su novia. Contentos los dos. Alina y yo, en el supermercado comprando el mandado de la semana. Alina y yo saliendo del cine, ella agarrada de mi brazo por el frío de la noche. Alina y yo sentados en un café. Alina, piel morena, ojos verdes, cuerpo celestial.

Él llega al apartamento para hablar. Tiene sus argumentos listos, ha pensado su lógica, sabe cuál es su estrategia. Ya la conozco. Hablan, ella no cambia de opinión. Él sigue. Caminamos de la sala a la cocina. No caigas, le digo,

Manténte firme. Ella le escucha, pero sigue igual. Pienso en las palabras de Luis Humberto, cuando uno ya tiene el mínimo de velocidad de escape, es imposible hacerles parar. Al oír que su voz empieza a fallarle, sé que hemos perdido. Se va, triste, triste fin. Entro al baño, ella está allí, con el agua corriendo en el lavamanos. Me acerco a la pared porque parece que la escucho llorando. Junto la oreja y así nos quedamos un rato, separados en el baño.

Luis Humberto la ve en un bar y decide hablar con ella, para consolar a la viuda, dice. ¿Qué viuda? Si ella fue quien se marchó. No me pone atención y se acerca a su mesa. Los dos hablan, me quedo viendo mi cerveza, un poco después regresa solo.

El problema de esa chava es que no la suelta. Llegas y estás y todo está bien buena onda y parece que te está ofreciendo las llaves a la puerta de su casa y al fin, ni llegas a la reja principal, me explica.

Parece que ni llegaste a la esquina, cabrón. Le contesto. Él se sienta en la mesa y se ríe de sí mismo.

Ese bato, le digo.

Alina empezó a salir con otro. Empezó con él casi cuando nosotros estábamos en el mejor estado de nuestra relación, claro. No lo sabía al principio. Cuando me dijo que sería una buena idea que no nos viéramos tanto, fue un golpe con una vara de acero. Salí viendo estrellitas como en una caricatura. Esa fue mi primera caída. Debería haberme salido de allí desde el principio, ido inmediatamente a casa de Luis Humberto y pedirle que me encerrara en un cuarto con mil candados y que bajo ninguna circunstancia me dejara salir. Pero no, regresé dispuesto a que reconsiderara. Segunda caída.

A la hora después que se fue, la primera llamada. Ella habla con él, dulcemente le dice que no tiene tiempo para verlo, que mañana tampoco, quizá el fin de semana, que ella le llamará. No va a llamarlo, ya conozco esa estrategia. Las próximas noches duermo muy bien. Al tercer día (qué paciencia, pienso, estaba seguro que iba a ser dos), llega a su apartamento por la noche. Ella está sorprendida y un poco molesta al verlo. Caminamos por la sala, le dice que él estaba pasando por allí y decidió parar a verla, ya que no le había llamado. Casi le grito, ¡Nunca nunca nunca le recuerdes a alguien que te está dejando lo que iba a hacer! Claro, ella se ofende. Intenta calmarla, finalmente le pide perdón. Se calma. Cambia de tema, le habla de su viaje más reciente, de una película que vio, de un compact que se compró en una tienda de discos en el centro. Se le nota en la voz que ella está fingiendo interés. Sé que aunque él piensa que le está escuchando ella realmente está pensando en escaparse. Conozco ese tono. Seguro que hasta su cara muestra desinterés. Conozco bien esa cara.

El nuevo bato de Alina trabaja en el centro, es dizque poeta pero trabaja en una tienda de discos. Es tan romántico, me dijo cuando nos encontramos en un parque, me hace sentir perfecta. Siento como que este es el güey con quien me podría casar. Jamás he sentido eso con otro. Mi corazón de hule no funciona, el golpe rebota de ella y me penetra. Me agarro el pecho. Pinche taco que me eché en la esquina, le miento. Ya habíamos roto, pero aún nos veíamos ocasionalmente. Para terminar de destruirte, me dijeron los cuates. Nos sentamos en una banca tomando café. Veo el cielo azul, tan lejos. Ya no camino tan alto alto. La veo a mí lado, pero es como si estuviera muy lejos. No me ve. Habla de su novio, se toma su café, sonríe a unos niños que pasan, toma su café, habla de su novio.

Ella le ofrece café. Estamos en la cocina por mucho tiempo. Casi no les escucho por el ruido de la refri. Pienso juntar un vaso a la pared y acercar una oreja para escuchar mejor. Después pienso que me voy a tener que comprar un estetoscopio. Finalmente le dice que tiene que salir temprano, y como ya es muy tarde, ¿puede quedarse allí? Ofrece dormir en la sala. Ella se resigna y le dice que no sea tonto, que se puede dormir con ella. Empatamos, me digo. Sé que nada pasará, que más que nada quiere sentir el calor de ella a su lado, que para él, dormir sin ella es todavía muy difícil. Pienso que necesita un cuarto con mil candados.

La neta es que no me cae bien el bato por lo de creerse poeta. No me cae por ser tan mamón.

Participo con ellos una despedida larga y tortuosa. El ex novio es terco, la llama mucho, le manda cositas, cuando están juntos intenta interrogarla para que le diga la verdadera razón porque ya no lo quiere ver. No soy partidario de ningún bando, a veces estoy de parte de él, a veces estoy de parte de ella. Hablan mucho en el comedor, que para mí es mejor, ya que paso la mayoría de mi tiempo sentado en la mesa. En fin, es mucho más interesante que ver la tele.

Llamaba a Alina a todas horas. Sabía que había empezado a salir con otro, pero que ella se negaba rotundamente a decírmelo. Yo, terco, no podía aceptar que ella solo quería su espacio, quería una razón concreta, quería que me admitiera que estaba saliendo con otro, por ejemplo. Me acusaba de seguirla, de espiar sus movimientos, que tenía a todos mis cuates vigilándola. Una noche dejé de llamarla. Al día siguiente apareció en mi puerta. Que tenía ganas de verme, que me echaba de menos. Nos abrazamos.

Tercera caída.

Out.

Alina me jugaba con el otro. A veces era como antes, salidas a cenar, al cine, alguna obra de teatro, terminábamos en abrazos profundos en su apartamento. A veces me gritaba, me decía que la estaba oprimiendo, que la debería dejar en paz, que siempre la estaba espiando. Se enojaba porque no le daba la atención que quería y porque le daba demasiado, porque salía mucho con mis amigos y porque no salía tanto con ellos. A veces me llamaba para decirme cuánto me extrañaba, que qué bien se sentía en mis brazos, que ojalá siempre pudiéramos estar tan cercanos. A veces me decía que era una molestia, que era un pendejo, que jamás me quería ver. Me acusaba de calumniarla con mis amigos. Nuestros encuentros en la librería eran legendarios. Como mis compañeros de trabajo no sabían si terminaríamos en pleito o en abrazo, empezaron a hacer apuestas de lo que sucedería. Aguantaba estas olas porque pensaba que al mostrarle mi cordura siempre se quedaría conmigo.

A mí se me hace que te gusta que te peguen, me decía Luis Humberto.

El ex novio está en la etapa de la negociación: encuentra maneras para llamarla, para visitarla y para quedarse. Es una etapa patética. Pero también la vecina juega. Llama para invitarlo a quedarse con ella, que se siente sola, que lo necesita. Después le dice que se debería ir, que se olvide de ella, que él no es un muchachito y que debería portarse como un hombre. Siempre llama por la tarde pidiéndole perdón.

Sé cómo son esas últimas visitas, esos últimos actos carnales. En vez de acto de amor se está deshaciendo. Con cada abrazo y beso se está olvidando el pasado. En principio las llamadas nocturnas eran más frecuentes, al pasar el tiempo las visitas eran menos. Notaba que con cada encuentro ella ya no le ponía tanta atención. Cuando terminaban en la cama ella se oía distinta, incluso cuando ella fuera quien lo había llamado. No sé si él llegaba a darse cuenta de lo que estaba pasando. Muchas veces no se quedaba a la noche. Ella y yo dejábamos la recámara y preparábamos café. Nos sentábamos en el comedor, en silencio, la pared separándonos. Hay despedidas realmente terribles.

Una noche lo encuentro en el parque, sentado en mi banca. Ve hacia la ventana de ella, no hay luz. No está. Pero él no está seguro, quiere pensar que ella está con otro. Como si con eso todo estuviera bien. Me siento a su lado, no hablamos nada. Finalmente dice: tú caminabas de noche porque hacíamos mucho ruido en el cuarto. Respondo que sí.

Ella no está sola, ¿verdad?

Pienso que le debería mentir para que se sienta mejor. En realidad, no está en casa, pero podría estar en brazos de otro en algún otro lugar. Podría estar con algún mesero perdido en las maravillas de sus senos o con algún poeta que le escribe versos con su nombre y que la conquista diciendo que su cuerpo es un poema que quiere descifrar, no sé.

Le contesto: no está. No le quiero dar ningún sentido de optimismo, pero también le digo que no ha traído a ningún otro hombre a su apartamento. No dice nada. Sé que realmente ya no le importa. Me doy cuenta de que compartimos una cosa en común, que el dolor más fuerte es la espina de ser rechazado. No hablamos por mucho rato. Finalmente se levanta y se va. Algunos batos del barrio pasan cerca de él sin verlo.

La última vez que vi a Alina llegó a mi apartamento. Ya me hablaba más de su novio. Aunque me dolía, le preguntaba sobre él, de cortesía. Quería que fuéramos amigos, pero yo no tenía la costumbre de meterme a la cama con mis amigos. Aún así hice el esfuerzo. No, bato, no seas pendejo, me decía Luis Humberto. Esa chava quiere todo. Hablamos un rato, le ofrecí algo de tomar. En el principio de nuestra relación siempre había un aire cargado de tensión sexual. Casi no podíamos vernos sin empezar a abrazarnos y luego quitarnos la ropa. A veces no llegábamos al cuarto, hacíamos el amor en el pasillo. Terminábamos en la ducha. Ahora no, la veía muy lejos. Lo que había entre nosotros era simplemente un vacío muy grande cuyo único contacto era un puente de acusaciones. Sabíamos que era la última vez que nos íbamos a ver, que nuestro experimento de ser amigos había fallado. Intentábamos prolongar lo inevitable.

Quería marcar todo en mi memoria para que nunca se me olvidara. Quise aprenderme el color de la luz que filtraba por la sala, los ruidos que entraban por la ventana abierta, el número de veces en que nos quedábamos en silencio. Pero ahora lo único que recuerdo es que llevaba una minifalda negra y botas negras de charol. En uno de los momentos de silencio incómodo se despidió. No nos besamos, ni nos tocamos. Ella salió y la vi caminar por el pasillo hacia los escalones que dan a la planta baja. Antes la acompañaba hasta la puerta principal.

Y es que a veces uno se cansa y no hay nada que hacer. Toda la lógica en el mundo no puede combatir contra el aburrimiento. Lo único que se puede hacer es aceptarlo, reunir los pedazos de corazón y guardarlos. Es mucho más fácil buscar la culpa en otro. Ya no quería a Alina, perdí el interés una noche, cuando me llamó para acusarme de no sé qué cosa. Lo absurdo de la relación me pegó tan fuerte que me eche a reír. Desde esa vez dejé de llamarla y es cuando ella empezó a buscarme. Le seguía la corriente porque pensaba que sería bueno salvar algo de la relación. Pero en esos casos no se puede. Lo que quedaba eran sombras que desvanecían. Lo mejor habría sido romper completamente desde el principio. Meterme al apartamento para quitarme las espinas que me dejó. Perderme con mis cuates en los bares y cantinas de la ciudad. Para eso están los cuates, el Luis Humberto, el Dani, el Rolando, para ayudar a uno, cotorrear, beber a todas horas, escuchar música vieja de los ya finados —Chet Baker, Billie Holiday, José Alfredo Jiménez—, bajar las presiones. Con el novio no sé qué le pasará, supongo que también tendrá cuates con quiénes olvidar, o quizá se perderá en las cantinas con las chavas. Lo que sí es que ese bato no volará bajo por mucho tiempo.

Subo a mi apartamento y ella está allí, buscando sus llaves. Está cansada. Ha estado de compras en el supermercado. Me ve y sonríe, un saludo. Respondo, pero no sé qué decir. Vi a tu ex en el parque o vi a ese pendejo abajo o nada, no sé. Y sigue buscando sus llaves en una bolsa grande. Y sigo parado frente a mi puerta con la llave en la mano. Realmente es bella. No sé si ofrecerle ayuda, invitarla a que entre a mi apartamento para que llame a un cerrajero o a tomar un café. Imagino que pensará que escapé de un manicomio ya que estoy parado cerca de ella con las llaves en la mano. Pero es que ella está allí y la conozco muy bien pero nunca hemos hablado más que unos saludos y ¿qué le diré? No le podré decir que he escuchado cómo hace el amor o que conozco todos los detalles de su separación reciente, que he dormido con ella y que hemos tomado café y que hemos visto juntos la tele. Pienso hablarle sobre la librería y sobre los tipos de personas que la frecuentan, pero eso tampoco tendría sentido. Lo único que sé es que no quiero que pase este momento. Nosotros en el pasillo. Noche. Bolsas de mandado. Posibilidades. Lo que sé es que ella está allí y en cualquier momento encontrará sus llaves, entrará a su apartamento y me quedaré solo.

Boyfriend

Dos noches seguidas y Natalia no ha apagado la luz de su habitación. Sé que no puede dormir por lo que pasó. La imagino caminando por su habitación, pasando de un lado a otro, a veces mirando por la ventana hacia la calle. No fuma, pero la imagino con un cigarillo en la mano, fumando, fumando. Ella espera. Sale a la cocina, busca algo para comer aunque no se le antoja nada. Camina y espera. Sé que no duerme porque yo tampoco. He salido las últimas noches para transitar por el vecindario. Cuando paso por su apartamento, veo que tiene la luz prendida. Espera que Julián regrese o que yo le toque la puerta.

Sé que se lo dijo. Estábamos en el parque del vecindario. No estaba contenta. Exigió que nos regresáramos juntos a mi apartamento. Me negué. Quería terminar la relación. No me sentía a gusto con nuestra relación. Habíamos pasado un par de meses juntos y yo ya no quería. Se enojó mucho. Me dijo que le había dicho a Julián.

Pero no le dijo con quién.

En una relación entre esposos nunca quise ser el tercero. Nunca quise ser el boyfriend de una casada. Nunca quise tener una relación a escondidas, besos furtivos en los parques, cenas en lugares donde no nos conocían, citas en hoteles baratos, el sentimiento de culpabilidad. Nunca quise vivir con la paranoia de que me estaban vigilando.

Estoy acostado en la sala. Las cortinas cerradas. Miro hacia el techo. Tiene flequitos brillantes mezclados entre el estuco. Parecen estrellas. De niños mi hermana y yo nos pasábamos horas en el techo de la casa, mirando las estrellas. Buscábamos las shooting stars. Como vivíamos en el campo podíamos ver muchas. Ciertas noches hasta veíamos los satélites. Ella se ríe cuando le hablo de esa memoria. Mamá en la cocina, esperando que bajáramos del techo.

Empecé a pensar en Marisa, mi ex mujer. Cuando nos conocimos podíamos pasar horas y horas hablando de música o de cualquier tontería que se nos ocurría. Música. Siempre había música. Café Tacuba. The Cure. Cornelio Reyna. New Order. Abba. Pixies. Leonard Cohen. Santana. La música que escuchábamos. Ella y yo, armando nuestro soundtrack. Así era con Marisa, una facilidad entre nosotros dos. Conectábamos. Pensaba en llamarla, pero no sabía qué le diría.

Incluso después del divorcio había un enlace entre Marisa y yo. Hablábamos de tener un bebé, de comprar una casa más grande, de planear un futuro juntos. Pero se fue. Ella lo dejó todo. No fue porque tenía a Boyfriend. Eso había pasado antes, casi al principio de nuestro matrimonio. No me lo quiso decir, pero yo sabía. Se le notaba en la manera que hablaba. Los dos se vieron un par de meses. Creo que ella fue quien terminó. Así de rápido, un día estaba él y otro día no. La perdoné, aunque quizá no lo debería haber hecho ya que al final lo tomó como más evidencia de que no tenía ningún interés por ella.

Forever, me dijo cuando nos casamos. No sabíamos que forever era un término muy largo.

Después de Boyfriend se volvió como antes conmigo. Pero a los dos años se fue. Esta vez no por un novio. Se dio cuenta de que no quería estar casada. Y se fue.

Los cuatro habíamos sido grandes amigos. Íbamos al cine, a cenar, de compras. Julián y yo nos quedaríamos en el balcón tomando cervezas mientras que Natalia y Marisa se sentaban en la mesa del comedor, hablando de varias cosas.

Más bien era amigo de Natalia, a quien conocí en la escuela donde trabajábamos. Ella daba cursos de composición —descomposición, me dijo la primera vez que la conocí en el Teacher's lounge—. Yo dirigía el club de fotografía. Había trabajado unos años en una compañía de software, pero las horas largas me habían llevado al insomnio y a la terapia. Marisa casi no me aguantaba en esa época. Estaba con Boyfriend. Para salvar mi sanidad, dejé la industria y regresé a dar clases. El stress level no era tan alto como en la compañía y de suerte caí en una escuela privada donde terminé como director de un pequeño centro de computación. Necesitaban también un director para el club de fotografía. Como siempre había tenido interés me ofrecieron el puesto. Marisa siempre se quejaba de lo que gastaba en equipo fotográfico, me decía que como no era profesional no podría justificar los gastos. Cuando le comenté que iba a dar clases de fotografía en la escuela, no sabía qué decir. Ni mi hermana, que sí era fotógrafa profesional.

Después de recibir el puesto, fui directamente a ella para que me diera un curso intensivo.

Mi segundo día como maestro conocí a Natalia en el Teacher's Lounge, el refugio para los maestros. Cuando era joven siempre tenía interés en lo que pasaba en el Lounge. Me imaginaba a los maestros fumando como locos, jugando billar o metidos en intensos partidos de póquer. No sé por qué pensaba que el Lounge sería como una taberna. Cuando entré, me quedé un poco decepcionado. Para una escuela supuestamente adinerada, el Lounge no era gran cosa. Parecía más bien que tenía una administración improvisada. Como si al construir la escuela se hubiesen dado cuenta de que no había ningún lugar de reunión para la facultad y decidieron convertir un rincón olvidado con muebles reciclados de otros salones. Una mesa destinada para una clase de kinder servía como mesa central; una vitrina para una clase de biología terminó como estantería; un fichero de la biblioteca sirvió para almacenar lápices y otros objetos pequeños, como paquetes de azúcar y de café. Natalia estaba sentada en un sillón hojeando una revista. Cuando me miró por primera vez alzó la ceja. Como leyendo mis pensamientos, me dijo, Yes, this is el fabuloso Teacher's Lounge.

No llegué a conocer a Boyfriend. Creo que viajaba mucho. A veces recibíamos tarjetas postales de varios lugares del mundo que solo venían nuestra dirección y nada más. No estaban dirigidas a nadie. La primera que llego fue un día cuando yo estaba trabajando en casa. Bajé al buzón y encontré la tarjeta. Cuando regresó Marisa le comenté de la tarjeta rara que recibimos, una postal de Brasil. Ella lo miró y casí no podía contener su emoción. No me dijo nada y salió de la cocina. Llegaron varias más, no estoy seguro cuántas, ya que las otras siempre las encontraba metidas en algún sitio. Luego estaban las llamadas que contestaba y no se oía nada. Después de un rato colgaban. En esa época Marisa viajaba mucho también. Decía que era por lo de su trabajo.

A veces, en la escuela, me ponía a reírme de lo estereotípico de ellos. Las llamadas, las tarjetas postales, los viajes de ella. Sentía que estaba viviendo una really bad movie. A veces me salían lágrimas de reírme tanto y tenía que dejar mi salón y entrar al baño de los profesores. Me sentaba en el inodoro y lloraba. Luego me limpiaba la cara y me regresaba a clase. En esa época tampoco podía dormir.

Después de unos meses se terminó la historia de Boyfriend. No sé cómo, ni por qué: sólo que Marisa empezó a hablarme como antes. Nunca me pidió disculpas, ni yo se las pedía. Vivíamos los dos como si nada hubiera pasado. Unos meses después, dejé mi trabajo y me volví maestro.

Cuando Natalia y yo nos hicimos amigos, Marisa se burlaba acusándome de tener una girlfriend. Nos reíamos de ese chiste. Casi siempre me lo decía antes de que fuéramos a la casa de ellos. Me amenazaba con decírselo a Julián o me decía que la tenía en su lista de posibles obstáculos para nuestra felicidad.

Nunca le dije a nadie de Boyfriend. Ni a mi hermana, que le cuento todo. No callé por la vergüenza de que me hubiesen puesto los cuernos. Simplemente no pensaba mucho en eso: el episodio fue en el pasado y no me daban ganas de revivirlo. Según todos, Marisa y yo teníamos un matrimonio perfecto. A typical, and autoctonous brown couple en California. Hacíamos buena pareja, y cuando estábamos en cenas con colegas, siempre dábamos la impresión de estabilidad. Después de las funciones, diría algún chiste bobo y ella haría una mueca. Era un juego perfecto.

Lo malo es que yo me lo creía también.

Ya la conozco, le diría a Julián. Espero su salida de su apartamento. Camina hacia mi edificio y toca a la puerta. Me va a meter una madriza y no me voy a defender.

La primera vez que follamos fue en un hotel de San Diego. Estábamos en un encuentro nacional de maestros. No quise ir, no quería pasar cuatro días con maestros de diferentes escuelas. Me parecía la cosa más aburrida. La directora de la escuela me obligó a ir con Natalia como representantes de nuestra comunidad escolar. Lo único que me interesaba era la posibilidad de turistear por San Diego y luego cruzar la línea para perderme un rato en Tijuana. La tercera noche fuimos Natalia y yo con unos maestros a un restaurante italiano en el Gas Lamp Quarter. La cena estuvo bien, me pasé la noche contando anécdotas de mis experiencias como programador de software. También estuve ligando a la mesera, una tal Bonnie. Cuando me paré para ir al baño, me pasó su número de teléfono y su hora de salida.

Acompañé a Natalia a su hotel. Para ahorrarme un poco del dinero que me había dado la escuela, me quedé en un Comfort Inn barato. No sé si fue por los tragos o por la atención que había recibido de la mesera, pero sentía una euforia rara. En el camino le comentaba a Natalia de la mesera, le preguntaba qué debería hacer, si regresar al restaurante cuando saliera o llamarla más tarde. Supongo que por las bebidas me sentía más animado, jamás me había aventado a ligarme a alguien de una manera tan obvia. Me sentía eléctrico. Ella no me decía nada, solo me escuchaba en mi flow.

Al llegar a su puerta, me invitó a pasar. Había decidido regresar al restaurante para encontrarme con Bonnie, pero todavía faltaba un rato para que saliera. Entré a la habitación. Natalia cerró la puerta detrás de ella, cuando me di vuelta para verla, se me acercó y me abrazó. I'm drunk. Y tú también, me dijo. La tuve en mis brazos y le miré los ojos. Vi como se acercaban, como se cerraban. Me dio un beso y me susurró, Tú no necesitas a esa. No le regresé el beso y me aparté. La detuve pero seguía acercándose mientras empezó a quitarse el vestido.

Caímos en la cama. Después empezó a llorar y se encerró en el baño. Salí de la habitación y me fui a buscar un bar.

No sabía que ella y Julián pasaban por problemas. Él estaba muy metido en su trabajo, había dejado de tocarla y casi nunca hablaban. Le decía que no tenía nada por qué quejarse. Ella pasaba las noches esperándolo en cama, pero él lo pasaba frente a su computadora, trabajando hasta la madrugada. Las noches en que llegaba temprano a la cama, se quejaba de estar demasiado cansado. Esto me lo dijo después de que me había montado en el faculty bathroom.

Fue terrible cuando se fue Marisa. Natalia y Julián pasaron mucho tiempo conmigo, me sacaban al cine, o me invitaban a cenar. No querían que me quedara solo en casa. Al principio aceptaba sus invitaciones pero después de unas semanas inventé la excusa de que tenía mucho trabajo en casa. Empecé el largo proceso de encerrarme. Dejé de dormir otra vez, pasaba horas en frente de la tele, o sentado en la mesa del comedor, o caminando por las calles. Siempre intentaba disimular que todo estuviera bien durante mis clases. En la semana siempre me cuidaba la apariencia, pero los fines de semana dejaba de afeitarme y ducharme.

A dos meses de no oír de mí, mi hermana vino a buscarme. Estaba preocupada, sabía que pasaba por malos momentos cuando me escondía del mundo, entraba a internet y no lo dejaría hasta horas después. Me decía, Te vas a quedar bizco boy. La humanidad es la soledad, me dijo. Quedarnos solos es ponerte frente al abismo, marearte, conocerte. Mi hermana estaba intentando de consolarme pero me deprimía más.

Después de esa primera vez, Natalia regresó en tren a casa y yo me quedé en San Diego, con el pretexto de que iba a pasar unos días con unos amigos en Tijuana.

Dos semanas después me pidió un aventón porque su carro estaba con el mecánico. En el camino me dijo que quería que fuéramos a mi apartamento, para pasar un rato. Le dije que no. Al día siguiente era sábado, al mediodía estaba tocando mi puerta. Me dijo que me había traído algo para comer. Cuando pasó a la casa abrió la gabardina que llevaba puesta, no llevaba ropa. Vamos me dijo, Julián está trabajando and I need to pass some time with someone.

Nos juntábamos por lo menos una vez por semana. Siempre era lo mismo, le decía que no y terminábamos juntos en la cama. Al fin, le dije que ya no podía. No la dejé que se acercara y finalmente se dio cuenta de que hablaba en serio. No hablamos por casi una semana.

Mi hermana no se sorprendió cuando le dije de Natalia. Estábamos en la sala, acostados y escuchando un compact de PJ Harvey. Le dije que me estaba acostando con Natalia una vez por semana. Me contestó que ya lo sabía porque había dejado de hablar tanto de ella. Sabía que no estábamos peleados, entonces llegó a la conclusión de que nos habíamos vuelto amantes.

¿Y Julián?, me preguntó.

No sé, le contesté. Tampoco sé si me siento tan culpable por él o si en el fondo los años de vivir con una madre católica me hayan hecho un fanático.

Se rió. Miraba hacia el techo y le pregunté si se acordaba de la vez que estuvimos en misa y me quedé dormido. Mamá se enojó tanto. Recordamos las veces en que salíamos a acostarnos en el pasto para buscar las estrellas fugaces. Después de recuperarse de la risa me dijo, Y se suponía que tú eras el hijo modelo de la familia.

Después del divorcio Marisa se regresó a Texas para vivir cerca de su familia. Por un tiempo mantuvo el contacto conmigo. Me llamaba para hablar, o para pedirme algún consejo. Cosa que me pareció chistoso, ya que durante nuestro matrimonio nunca me pedía ninguno. Yo le seguía la onda, era lo que esperaba de mí.

Nunca le dije que había sufrido por su partida. Nunca le dije que extrañaba esas caminadas que antes hacíamos por las tardes. Nunca le pedí perdón por haberla llevado al punto de conseguir a Boyfriend, de haber pensado que ella era tan fuerte que no necesitaba que yo le preguntara algo tan sencillo como si estuviera bien, o cómo se sentía.

A seis meses de su partida las llamadas cesaron. Se había cansado porque ella siempre hacía el esfuerzo de buscarme. Quizá me estaba retando. Pero no se me ocurrió. Nunca le llamé. Ahora me han entrado ganas de llamarla. Escuchar su voz. Hablarle de las noches en el campo, el cielo cubierto de estrellas.

Alguien toca. No quiero abrir. Estoy a gusto. Acostado en el suelo de la sala. Pensando en las estrellas fugaces. Soñando con flotar a espaldas en el mar. Mirar hacia arriba. Me gustaría cruzar el mar así, a espaldas, cobijado por las estrellas que a la vez se reflejan en el agua. Tocan otra vez. Insisten. Pero no pienso contestar. Estoy flotando en un mar de estrellas.

En el Lost 'n' Found

Elena, Elenita

Elena —Elenita— está, como siempre, en el centro del grupo. Habla de una película que vio, Jules et Jim, creo. Se quedó fascinada con la muvi. Lalo no dice nada. Para qué. Más tarde me explica, Es parte del Elena show y solo estorbaría.

En camino a casa ella le dice que a veces le parece una lástima que sea tan convencional. Dice que esperaba casarse con alguien más liberado, sin tantos complejos morales. Solo la escucha. Para qué. Es parte del Elena show. Lalo, Lalito, le dice como si estuviera hablando a un niño, deberías haber ido al cine, quizá hubieras aprendido algo. Me pregunta, Y tú, Pablo, ¿cómo viste la reunión? No sé qué contestarle. Me pasé la noche más bien poniéndole atención a la otra Elena, que estaba sentada en otra parte de la mesa de amigos. Casi no decía nada, solo asentía con la cabeza o a veces sonreía con algún chiste que alguien le contaba.

Elenita despierta temprano y baja a poner la cafetera. Ha estado ocupadísima, pero aún así su mente corre a alta velocidad. Tiene miles de planes. Tiene que estar lista para una junta de directores, después correr a una comida con unos actores y después tiene su círculo de lectura. Lalo baja la mirada, Mi mujer es una freak. Es el conejito Energizer. Lo escucho mientras tomo mi café. Estamos tomando un break en el café de la universidad. Estuve intentando terminar de editar un artículo cuando Lalo pasó por mi oficina. Tenía esa cara de alguien que había sido golpeado. You need un café, le dije. Urgentemente, contestó.

Mientras estamos en el café —Dos batos en un mar de blancura, comenta Lalo cuando entramos— vemos pasar a Elena. Nos mira y entra para saludarnos. Me da un beso en la mejilla. Órale, le digo, así no se saluda en este país tan frío. Tan frívolo, me corrige. Ella abraza a Lalo —¿Y a mí porqué no me tocó beso?, Me pregunta después— y nos dice que no puede estar mucho tiempo, tiene una junta con una estudiante en su despacho y está tarde. Lalo y yo nos miramos.

¿Y eso? Me sacudo los ojos, ¿Fue un sueño?

Lalo mira hacia el techo y cierra los ojos como recordando algo. Visita de médico, explica.

Elenita es la mujer atómica, así le decimos entre los amigos. Es abogada para la universidad, pero tiene también su parte de benefactora de las artes. Estamos seguros de que se casó con Lalo porque tenía ideas bastante románticas sobre lo que significaría estar casada con un poeta chicano. Le daba street credibility. Aunque le encantaba el sentido de poder que tenía con la universidad, también le gustaba estar entre la gente artística. Cuando se vinieron a vivir a Iowa ella hizo todos los contactos con la comunidad de arte. Lalo la seguía, aunque se sacaba de onda. En realidad no le gustaban los artistas y odiaba tener que pasar cenas hablando de poesía y de teatro. Prefería hablar de los cómics, Batman, X-Men, Spiderman, Superman, Love and Rockets. Prefería el post punk a tener que escuchar canto nuevo latinoamericano.

Era mi segundo año en la universidad cuando los conocí. Al encontrarnos hubo una conexión inmediata entre Lalo y yo. Los dos veníamos de familias mexicanas de California, pero su familia estaba en el norte y la mía en el sur.

Los dos también nos sentíamos aislados en esa zona donde toda la gente era blanca, rubia y alta. Terminamos en un país nórdico me comentó asombrado una vez.

Elena llegó el mismo año que ellos. Border girl, de Tijuana. Estaba metidísima en el activismo social. Tiene un puesto en el departamento de antropología e investigaba la migración mexicana a los Estados Unidos. Trabaja mucho, casi como Elenita. Pero no es tan seria. Daniel le dice la Bizarra Elena, venida de un universo paralelo que es como el nuestro pero opuesto.

Otra reunión en casa de Elenita y Lalo. Ella está hablando de su círculo de lectura, están leyendo Carlos Fuentes, *Cantar de ciegos*. Elena está en la sala con unos estudiantes graduados. Lalo está en la cocina preparando margaritas. Can't stand margaritas, me dice, pero a esta raza sí. Tiene un tequila a su lado. Está encargado de hacer los mixed drinks y de la música. Tiene puesto un disco de Gustavo Cerati, aunque Elenita había pedido Pablo Milanés. Estamos solos. Le pregunto cómo le va en el departamento de geografía. Me dice que bien, que lo bueno de una chamba como esa es que puede dedicarle tiempo también a escribir. Ya casi tiene un nuevo libro terminado. Hay una casa editorial interesada en publicarlo. Está contento. Le cuento de mis estudiantes, de las clases que estoy enseñando ese semestre. Más que nada, me quejo. Me gustaría dar más cursos de literatura pero casi siempre me toca por lo menos un curso de gramática o de composición.

Llevo puesta una guayabera negra bordada. Lalo una camisa que compró en Oaxaca con algún diseño mixteco. Muy folclóricos estamos, le comento. Elenita entra a la cocina para que Daniel le prepare un martini, su favorito. Enseguida, le contesta. Empieza a mezclar vodka, ginebra y vermú en un shaker con hielo. Los dos nos quedamos callados mientras prueba su bebida. Cierra los ojos y parece entrar un momento en éxtasis. Nos mira con sus ojos grandes y luego nos pregunta si nos ha molestado, ya que decimos poco. Le digo que es por su presencia. Nos dejas speechless, sigue Lalo. Se ríe de nosotros, sacude la cabeza, Par de bobos.

Elena llega unos minutos después. También quiere que Lalo le prepare su martini favorito. En seguida toma un martini glass y le da un baño de vermú al interior. En otro vaso añade hielo, luego mezcla vodka con curaçao azul. Mezcla la bebida con una varita de vidrio. Hace todo con el cuidado de un científico que trabajara con materiales combustibles. La bebida sale un azul como de Windex. Lalo se la pasa. Se repite la misma escena que con Elenita.

Le quiero preguntar si nunca se confunde con las recetas. Si alguna vez le dio a Elenita el martini de Elena y viceversa. Pero me quedo callado.

Lalo y yo nos juntamos cada viernes para tomar algo en el Foxhead. A veces las Elenas nos acompañan. Muchas veces estamos solos. Elenita trabaja largas horas y Elena a veces se va los fines de trabajo para hacer investigación de campo o a visitar amigos en Chicago. Cuando estamos los dos solos casi no hablamos. Mantenemos una conversación en silencio a través de cervezas. En un momento había tensión entre nosotros, peleábamos en silencio. Pero ahora todo está tranquilo. Estamos en un groove.

Elena camina por la calle. Lleva blusa blanca y falda azul. Carga una mochila de trabajos de sus estudiantes que tiene que calificar. Es una tarde asoleada. Estoy sentado en un café. La miro pasar. Su cabello largo y rizado suelto. Me gustaría perderme un rato en ello. Pienso que va a entrar para pedir un café, pero sigue caminando. No sé si me vio. Me gustaría decirle que pasara, que trabajáramos juntos, pero sé que inventaría alguna excusa para no entrar. Puede ser así.

A veces me gusta pensar que Elena y yo podríamos estar juntos por mucho tiempo. Nunca se lo he comentado. Elenita en camino al trabajo. Lleva un traje oscuro. Tiene junta con algunos directores. Su cabello corto está perfectamente arreglado. Es día de trabajo y hay que vestirse totalmente formal. Estoy en mi oficina mirando por la ventana cuando la veo pasar. Me dan ganas de gritarle un saludo. Aunque sabe cuál es mi ventana sé que no va a subir la vista. Va a seguir caminando con ese paso seguro y rápido que tiene. Puede ser así.

Después de unos meses de estar viviendo aquí, le noté a Lalo un aire de cansancio. Elenita. Casi siempre está enojada con él. No le gusta que él no trabaje al mismo ritmo que ella. Piensa que no tienen las mismas metas. Una vez le dijo que debería conseguirse novia. Ella pensaba que necesitaba ser más aventado en su vida. Le dije qué bien que fuera así. No le gustaba mucho la idea. Decía que su padre había sido muy noviero. Le contesté que eso no tenía nada que ver con nada, que era una muy mala justificación. Pasaron así unos meses hasta que parece que todo mejoró entre ellos.

Una vez le pregunté, ¿Por qué la aguantas? Lo pensó unos momentos y finalmente dijo que aunque sabía que ella no le daba todo, Elenita le ofrecía estabilidad. Y que aunque demandaba mucho de él, la quería muchísimo. Sabía también que aunque le dijera que debiera tener una amante para completar su vida, que en realidad era solo un dicho. Le quería contestar que no debería ser tan ingenuo. Pero yo ya sabía que no lo era. Era un papel que jugaba para que no lo molestaran.

Elena me abraza. Estamos los dos desnudos encima de mi cama. Hace calor y no tengo abanico. Miro hacia el techo mientras ella me empieza a besar en la frente. Los domingos cuando no está fuera se viene a pasar un rato conmigo. Solo un rato, me dice cada vez que la encuentro en mi puerta con ingredientes para hacer el desayuno. A veces es bagles con queso, o pan francés, o a veces es harina para hacer pancakes o huevos y tocino. Claro, siempre preparo yo el desayuno mientras ella se va a duchar. Cuando sale al comedor ya tengo todo preparado. Desayunamos, cada uno con una sección del periódico entre nosotros. Siempre empiezo con la sección de cultura, ella con la sección principal. A veces leemos alguna parte de un reportaje al otro. Después me ayuda limpiar la mesa. Jugamos el papel de una pareja. Mientras lavo todo ella entra a mi habitación y cierra la puerta. Cuando termino voy al cuarto donde me está esperando en cama.

A veces no hacemos el amor. Nos quedamos abrazados en la cama, mirando la televisión o durmiendo. Me gusta también estar acostado con su cabello sobre mi cara. No hay mucha conversación entre nosotros. No tenemos que hablar, estamos contentos. Es una relación que nos cae bien.

Me gusta pensar que así nos podríamos quedar para siempre. Esos domingos por la mañana, cuando jugamos a tener casa. Pero sé que no aguantaríamos por mucho tiempo. Somos un par de infieles y no nos molesta aceptarlo.

Elena y Elenita. Alguien me dijo que son como el yin y el yang. Y es verdad. Las dos son opuestas en casi todo y cuando se juntan es como estar en la presencia de la armonía. En el carro pienso en ellas, Elena y Elenita. Mis dos Elenas. Las dos son complementos perfectos. Voy en la dirección de la casa de Elenita. Lalo no está. Según le dijo a Elenita, tenía una invitación para dar una lectura en Chicago. Ella le preguntó si debería ir con él, pero le contestó que no. Ella tenía mucho trabajo y no habría tiempo para salir en Chicago para turistear.

Te vas a aburrir. Le explicó.

Lalo se fue solo a Chicago. Elenita me espera en la casa, la puerta del patio estará abierta y pasaré por la cocina, donde me quitaré los zapatos. Caminaré por el comedor, donde me quitaré la camisa. En la sala dejaré mis llaves y billetera. Subiré al segundo piso dejando mi ropa en las escaleras, llegaré desnudo a su cuarto, donde ella me esperará debajo de las sábanas.

Llegará el momento en que Lalo abrirá la puerta de su habitación y encontrará a Elena esperándolo en la cama, como siempre cuando tiene que salir de viaje. Aunque sé que no está seguro de nuestro cuadrángulo amoroso, sé que intuye algo.

Y esto es algo que también nos conecta, las dos Elenas. Nuestras dos Elenas.

Algún día te cuento las cosas que he visto

A veces, cuando estoy de viaje, de repente no sé dónde he llegado. Tengo que hacer un recuento de los lugares que visité. Desayuné el lunes con unos amigos en San Francisco. Esa tarde cené con otros en Nueva York. El martes, París. Con mi francés pésimo —a pesar de haber pasado por esa ciudad cinco veces en los últimos seis meses— pude llegar al hotel, donde, afortunadamente, ya me conocían. El jueves pasé la mañana en Londres en una reunión en The City. Esa tarde aterricé en Amsterdam. El sábado caminé un rato en el Zoo Station de Berlín para encontrarme con unas amigas que había conocido unos meses antes en Tokio. El domingo descansé, como se debe, en Barcelona. Esta mañana, café en el KLM Crown Lounge de Schipol, el aeropuerto de Amsterdam. Ahora estoy aquí por un rato antes de abordar un vuelo para California.

Todo esto le dice Andrea a Daniel. Se han encontrado, después de tantos años, en Newark. A él no le gustaba viajar pero había aceptado un trabajo donde tendría que hacerlo. Le explicaron que pasaría por lo menos cuatro meses fuera del país. Estaba sentado en un pequeño bar intentando olvidarse del vuelo que tenía que tomar, cuando vio pasar a Andrea. Casi ya no se acordaba de ella: sus intentos de borrarla de su banco de memoria habían sido casi exitosos.

Cuando la vio, pensó en algo que nunca dijo Bogart: de todos los bares de mala muerte en los aeropuertos entre Los Angeles y Katmandú, ella tuvo que entrar al mío. Se dio cuenta en ese momento de que su vida consistía de esos fragmentos de cine que siempre se cortan en el proceso de editar la película y caen olvidados en el basurero.

Andrea le confiesa: la verdad es que de tanto viajar, me estoy acostumbrando a los aeropuertos. A pesar de haber viajado casi todo el mundo en el último año no te podría decir que conozco a las ciudades que he cruzado. Más que nada tengo familiaridad con sus aeropuertos. Y me doy cuenta de que me sigo encontrando con la misma gente. Todos en camino a otro lugar. Todos con maletas sensibles que contienen sus vidas y que se pueden llevar a bordo. Todos en un viaje perpetuo, pasando por aeropuertos hasta darse cuenta de que están en un aeropuerto grande y global donde las ciudades son salas de espera.

Daniel no sabe qué contestar.

A la edad de veinte años se sentía inseguro frente a todo, se mareaba con facilidad, no le salían las palabras y caminaba por las calles como si cargara todo un pueblo sobre sus hombros. Se escondía en una estación de radio donde le tocaba el turno de sábados por la noche, de las diez a las dos de la mañana. No tenía vida nocturna y prefería esa vida de locutor, encerrado en el estudio, poniendo sus rolas preferidas: Cure, "A Forest", X-Mal Deutschland, "Mondlicht", Wire Train, "Love Against Me". En el estudio no tenía problema alguno con hablar, rodeado de discos pretendía armar un pequeño soundtrack para su vida. Podía tocar lo que quisiera. Mezclaba géneros, épocas y canciones rápidas seguidas por lentas. Elvis Presley con Elvis Costello. "96 Tears" de ? and the Mysterians con "Don't Give It Up

Now" de Lyres. "I'm Straight" de los Modern Lovers con "Venus in Furs" de Velvet Underground. "Eslabón con eslabón" de Los Invasores de Nuevo León, en un set que incluía The Clash y Peter Tosh. Sex Pistols, seguidos por los Ramones, Dead Kennedys, 10CC, Los Lobos y para terminar, Lords of the New Church, "Live for Today". Era la música de su vida. Escuchar su programa fue toda una experiencia. Nosotros, que lo escuchábamos, no podríamos dejar de sentirnos impresionados por las mezclas de rolas de ese bato. Me quedé alterado por días con una mezcla de "Buffalo Girls" de Malcom McLaren con "Vesti la Giubba" interpretado por Caruso.

Conocí al bato en una clase de antropología. Nos inscribimos porque el título prometía mucho, "Magia, Brujería y Religión". La clase se daba en un teatro antiguo en el edificio de arte. El profesor casi siempre salía por detrás de una cortina roja y empezaba a dictar. Esperaba que saliera un día vestido como Dr. Strange o Kalimán. Después de las primeras semanas incluso pensé cambiar de especialización de Geografía a Antropología. Tan chingona era la clase.

Mi tocayo Daniel siempre se sentaba cerca de mí, en las últimas filas. Entraba al teatro con unos audífonos gigantescos sobre la cabeza. Funcionaban no solo para su música sino también porque controlaban ese pelo loco, largo, despeinado, que tenía. Los ojos siempre los tenía enrojecidos. Pinche tecato, pensé. Después descubrí que el bato no usaba drogas y raras veces bebía. Por lo menos hasta antes de que llegara la Diabla a su vida. La noche que manejamos al sur, se puso en un plan medio confesional mientras pasábamos los campos de arroz y me dijo que todo fue por un padre alcohólico y abusivo que abandonó a su familia cuando él tenía trece años. Esta tragedia luego fue seguida por el cáncer de su hermana y los meses que pasó a su lado en el hospital.

Así que a la edad en que los chicos estaban experimentando con drogas, bebida y chicas, el bato estaba a lado de su hermana que se estaba muriendo. Ahora me hace sentir mal cuando me acuerdo, pero en esa época no tenía nada de simpatía. Yo también sabía la tragedia de estar abandonados en el Planeta Cáncer y también sabía muy bien lo que era ser dejado por un padre. Y aunque tampoco quería meditar mucho sobre ello, las coincidencias de nuestras vidas eran fucking weird y el hecho de que teníamos el mismo nombre me parecía loco. Le dije a mi tocayo mientras cruzábamos el río que tenía que dejar de ser tan mamón, que simplemente usaba excusas por no beber o usar drogas.

El bato simplemente me miró como el monstruo que era.

No hablamos por dos horas, hasta que llegamos a Sacramento.

Llevaba ropa comprada en la segunda. Los pantalones siempre los tenía pintados porque en ellos limpiaba sus pinceles. Casi siempre llevaba huaraches Made in México. Al entrar a la clase se sentaba en una butaca y parecía no poner atención a nada. Al final de ese semestre me di cuenta de que el bróder era super inteligente: solo fingía ser un idiota.

Después supe que eso tampoco: el bato tenía muy poca confianza en sí mismo. Estaba convencido de que nadie se acordaba de él. Una vez lo vi dejar de hablar con alguien porque estaba seguro de que no lo conocía.

¿Qué tengo yo para ser recordado?, me decía. Yo no soy nadie. La gente tiene muchas otras cosas en sus vidas para andar recordando a un idiota sin talento.

Pinche bato. Creía que pasaba por el mundo sin dejar huella.

¿La persona que lo pudo sacar de su aturdimiento juvenil? Una chava. Una de sus colegas en la estación de radio: L.A. Betty. La Betty —su nombre verdadero era María pero no le latía como radio name— fue quien lo sacó de ese estupor. Una chica AlternaTina de East LA, se fue al norte desde su casa en Los Angeles para estudiar producción en nuestro pueblo universitario. Ella fue quien le dio su nombre de DJ: Farmer Dan. El día que la conoció se presentó como, Los Angeles Betty, L.A. Betty, La Betty, Bet-T. Entró a la estación cargando el disco Attitudes, de The Brat, y le anunció: Teresa Covarrubias is it. Respect her. Y para demostrarlo, se plantó frente a la mesa de control, quitó el disco que Daniel ya tenía puesto y puso el disco de The Brat. Luego le dio un beso a Daniel, cortó la rola que tocaba —"Photographic" de Depeche Mode— y empezó "Leave Me Alone".

¿Cómo no perder la cabeza con una chava como ella?

Se encargaba del programa que pasaban después del suyo y a veces se quedaba hasta que ella concluyera. Salían los dos a las seis de la mañana para buscar un café y terminaban en la cama de ella. Betty se enojaba porque nunca la llevaba a la suya. No se consideraban novios. Más bien ella lo describía como su lover, con todo lo lujurioso que la palabra sonaba con su voz ronca de bluesera; de demasiadas bebidas y cantinas impregnadas de humo. Le llamaba su Sweatty Betty porque tenía un acento super cachondo para la radio. Cuando llegaba a la estación siempre le decía: ya deja de seducir a las ladies, ahora me toca con mis boys.

Había noches en que ella llegaba temprano para poder escuchar la última parte de su show. Cuando tenía que entrar al aire se paraba detrás de él y le empezaba a tocar y a besar. Intentaba romper su concentración. A veces lo lograba con una mordida en la oreja o cuando le bajaba la bragueta. Como no se imaginaba a un público, no le importaba tanto lo que saliera al aire.

Claro que tenía al público. Estaba yo, por ejemplo. Sobre todo en esos meses en que estaba hiding out por el hecho de que cometí el error de salir no con una, no con dos, no con tres, sino con cuatro chavas en ese pueblito pequeño que le hace honor a su nombre de Chico. Y claro, las cuatro descubrieron lo que hacía. Empezaron a salir juntas a los bares y los clubes. Tuve que dejar de salir de noche para que no me encontraran. De nuevo.

Así que los sabaditos por la noche me los pasaba escuchando a D en el radio. A veces me iba al estudio con él, pero al llegar la Bet-T, sabía que no estaba bienvenido. La cabrona me trataba mal. Le empecé llamar la Diabla. No me quería para nada y odiaba cuando estaba en el estudio porque arruinaba el freakshow que ella tenía planeada para ellos. Una noche, mientras me tomaba una Tecate y leía una revista de música, ella llegó y amanezó con llamar a Las Cuatro para decirles dónde me estaba escondiendo. Cabrona.

Tal vez la oyente más fiel de Daniel era Andrea. Estaba loca por su programa y sus playlists. Una vez le dijo que tenía alguna línea directa a su mente, ya que siempre sabía lo que quería escuchar. Bailaba al Cure en su apartamento, cantaba con Gang of Four y siempre se impresionaba cuando de repente Daniel tocaba alguna rola vieja de Malo, o El Chicano, o de algún otro grupo. Siempre rolas que no parecían encajar con el formato punk de esa estación.

Está sentado en el bar bebiendo una cerveza, intentando calmar sus nervios, cuando ella lo ve. ¿Daniel? Alza la vista y no la reconoce. De repente, la videocasetera de la memoria se enciende justo con la película de él y ella como protagonistas.

Allí está.

Andrea.

Veinte años después.

Andrea nació en Redwood City. Su pops era un terapeuta en San Francisco; su moms, médica. Ex hippies los dos, ahora eran yuppies —Huppies, decía Andrea, porque eran Hispanic. La palabra le salía con dificultad. Antes, le dijo una vez, eran chicanos. Estaban en el movimiento y todo. Pero ahora, son Hispanics. Casi escupía. Pero aun con esa conciencia social, se veía que gozaba de la vida privilegiada que sus padres le dieron. Una vez Andrea y Daniel se pelearon porque él le dijo que se notaba que no había sufrido en la vida.

Fue un error, no se lo quiso decir.

Sufrió una semana sin que le hablara.

La dejó de la manera más pendeja. Fue su último show en la estación. Era el final del semestre y había decidido irse. No pensaba asistir a la graduación. Su idea era dejar el pueblo después de su programa. Sus cosas ya las había mudado a la casa de su mamá en Orland y en mi carro ya había puesto lo que necesitaba para su viaje. Nos íbamos al sur. Lo llevaba a Tijuana y de allí se iba en un vuelo a la ciudad de México donde tomaría un autobús a Oaxaca para visitar a unos parientes en Oaxaca.

No había visto a Andrea en una semana, ya que estaban ocupados con los exámenes finales. Solo su familia y yo sabíamos de su plan. Fui con él al estudio para que grabara su último programa. Antes de poner el micrófono, dijo: este show es para ti, Andrea. Al final del programa, sus últimas palabras al aire fueron: algún día te cuento de las cosas que he visto.

Pinche dramático.

El plan de escape fue típico de su locura. Si no fuera por el hecho de que tenía carro, seguro que el bato me hubiese cortado, como a los demás. Pensaba que no habría problema si se iba de esa manera, sobre todo porque creía que al irse todos lo olvidarían. La memoria de Daniel se borraría del VCR.

La Diabla estaba ocupada con su familia esa noche, así que vino otro DJ para cubrir su programa. Después de empacar su mochila de discos, Daniel y yo salimos de la estación a la noche templada. Nos subimos al carro y salimos del estacionamiento. Le pregunté si quería dar un recorrido por el pueblo antes de partir, pero me dijo que prefería ya salir. Pronto pasamos por los huertos de almendras y campos de arroz antes de cruzar el río y llegar a la autopista que nos llevaría al sur.

Estuvo fuera cuatro años. Daba cursos de inglés en Oaxaca. A veces me llegaban cartas suyas. Las recibía en la universidad, y cuando podía, bajaba a la playa para leerlas. Sus cartas me ayudaron sobrevivir los años de mi maestría. En muchas me contaba como bebía cerveza con turistas que conocía en el zócalo de la ciudad. Una vez se encontró con la Diabla. Escuchaba unas norteñas en una rocola de un bar cuando oyó su risa. Entró al bar con unas amigas. Se vieron y ella se quedó muda. En dos horas estaban en un hotel. Para reconocerte, para ver cómo has cambiado, le dijo. Dos días después iban rumbo a la costa en un autobús. Se perdían en las cantinas de la playa, bailando juntitos hasta que no aguantaban y tenían que encontrar algún rincón oscuro o correr para el hotel. Como antes, cuando los dos trabajaban en la radio. Antes de regresar al norte, pasó la tarde en el departamento de Daniel. Acostados en su cama, le dijo, Por fin te has olvidado de esa.

Andrea.

Habían pasado tres años.

Ya casi no se acordaba de su rostro.

La Betty no la quería para nada. Le parecía una chava que al no poder ser una niña blanca optó por ser una latina exótica. No le gustaba su manera tan folclórica de vestir, huipiles indígenas, rebozos, aretes grandes de plata. Betty tenía pelo teñido de negro, piel super pálida, ojos negros y labios pintados de un rojo sangriento. Rolaba por el mundo bajo un soundtrack de música de X, Los Illegals, the Brat y the Plugz. Vestía livais negros, camisetas de grupos de rock y botas negras. Una chicana punk: L.A. Betty. Estaba convencida de que el interés que Andrea sentía hacia los pobres y con menos recursos era puro show. El momento en que empieza a sufrir, va a correr hacia papi to save her ass, le decía. Daniel nunca le contestaba nada, aunque sabía que ella tampoco sufriría ya que también venía de una familia privilegiada.

Y ahora se encontraba con Andrea de nuevo. Trabaja para una multinacional de telecomunicaciones. Tiene que viajar por todo el mundo. Le dice, Mi abuelito fue bracero en California. Trabajaba en la pisca del olivo, de la uva, de las fresas. Ahora mírame, soy una ciberbracera. En vez de fresas en Oxnard, cables ópticos en Londres. En vez de uvas en Fresno, redes celulares en Tokio. En vez de olivos en Orland, centros de telecomunicación en Helsinki. No tengo oficina central, cualquier cubículo donde puedo conectar la laptop es suficiente. Una vez hasta tuve una junta con jefes en Manhattan, Hong Kong y Londres mientras viajaba en el Thalys de Bruselas a París.

Andrea. No ha cambiado. Vive como si en vez de sangre tuviera un aeropuerto internacional en las venas. Una freak. Con la energía que descargaba, se podría alumbrar Manhattan por lo menos por una década.

Ella está en camino a Tokio, luego a Hong Kong. Tenía que pasar por Newark para una reunión en Manhattan. Daniel va a México. Un trabajo nuevo.

No me gusta viajar. Me pone nervioso. Daniel le confiesa y se toma un trago de cerveza.

No debes pensar en el viaje. Piensa mejor en el punto de llegada.

¿Tú haces eso?

No. La verdad es que no sé dónde está. Solo tengo el viaje. Andrea mira por la ventana a los aviones estacionados.

Daniel quiere decirle algo. Pero la cerveza y las emociones de verla de nuevo no le permiten formar ideas coherentes.

Solo una vez lo llamó durante los años en que tenía su show. Fue para pedirle una canción. Más bien fue su novio, que estaba de visita ese fin de semana y quería una rola. "Our Lips are Sealed", de los Go-Go's. Tonto. Después de tocarla, puso la versión de Fun Boy Three. Eduardo terminó ese block de música con "Love Will Tear Us Apart", de su grupo favorito del momento, Joy Division. Al completar el programa llegó Betty con una tropa de punks, skaters y pintores. Iban a armar un reventón en el estudio. No le dieron ganas de quedarse y se fue, aunque Betty le dijo que lo quería citar más tarde para una reunión privada en la oficina central de la estación. Le contestó que maybe regresaría y se fue al Diner para un café. No esperaba encontrarlos allí. Andrea y su novio, un tal Lloyd. Ella se emocionó cuando lo vio mientras Daniel intentaba disimular su alegría. Lloyd le dijo que le gustó el show pero que hablaba demasiado. Less talk, more rock, le recomendó el pendejo. No le contestó. Vio que Andrea se molestó con el comentario. Después regresó a la barra para pedir su café y salir a la madrugada con su mochila de discos. No volvió a la estación.

Esa fue la última vez que vio a Lloyd. Al salir del Diner, Andrea rompió con él.

Ella vivía en un apartamento que se encontraba en el sótano de la casa. En su habitación tenía pósters del Cure, de los Smiths, de REM. A veces cuando estaba con ella alguna rola del Cure salía por el radio y Andrea le pedía bailar. Zapateaban en su sala pequeña en el estilo del momento, títeres jaloneados por manos esquizofrénicas. Después de pasar esas noches con ella, se regresaba a su apartamento con una euforia extraña. Se sentaba en el sofá en la oscuridad de la sala. No ponía radio, ni tele. Silencio. Solo repasaba sus momentos con Andrea. Pensaba en su cabello color café, en su piel morena, en su risa mientras brincaban por su apartamento.

Sabía que no podía aguantar así.

La verdad es que nunca fueron más que amigos. Pero había siempre alguna conexión entre ellos.

Y no es que el bato era un caso perdido. Tenía pegue el cabrón, pero no se daba cuenta. No sé, tal vez fue por su fucked up home life. Algo serio pasó allí. Una bomba se detonó en su pasado y las ondas seguían afectando el presente. Algo. Una maldición que amenazaba con devorarlo completo. Esa noche que nos fuimos al sur, antes de llegar a Los Angeles, me confesó que su cabeza estaba llena de cajas cerradas con candados y no le interesaba explorar qué había allí.

Unos meses después de que se fue Daniel, me encontré con la Diabla. Trabajaba en la biblioteca ese verano para ahorrar algo de lana para mis estudios graduados. Ponía libros en los estantes cuando me vio. Empezó a correr hacia mí y pensé que me iba a aventar una patada. Me preparé para recibir el golpe. Pero no, me abrazó. Me trató bien. Hasta me trató como si fuera humano. Quería información sobre D. No sabía nada, ya que el bato no me había contactado.

Espero que encuentre lo que buscaba, dijo.

¿Crees que busca algo?, le contesté.

Claro. Obvio. Me dijo con una cara de incrédula. Luego bajo la cabeza y dijo: en el momento en que se de cuenta de lo que tiene, va a ser imparable.

Me la quedé mirando. Luego alzó la cabeza, hizo una mueca y me dio un beso. Largo.

No esperaba eso.

Me sonrió y se fue.

Le pregunté si quería salir alguna vez. Me mandó a la chingada.

Cabrona.

La Betty jamás pudo comprender por qué Daniel nunca intentó ligarse con Andrea. Pero yo sí lo entendía. Y sabía que era lógica pendeja. Hay personas así. Entran a tu vida y sin darte cuenta, te afectan. Y puedes pensar que estás en control de tu vida y de tu destino. Y cuando menos lo piensas, allí están. Con Andrea, Daniel sabía que no tendría control.

En cambio Betty no lo era. Cuando estaban juntos sabía que cualquier cosa podría pasar. Acabarían desnudos y sudados en el estudio de control de la radio o terminarían en gritos en la calle. Una vez armaron reventón en un café del centro. Conocían al dueño y le propusieron una fiesta para celebrar el aniversario del café. Invitaron a amigos artistas y los dos compartieron el trabajo de deejay. Para el party ella le cortó el cabello y lo dejó completamente trasquilado. Daniel le pintó el cabello de marrón y salió de distintos colores.

Para una fiesta de Halloween los dos llegaron vestidos como Sid y Nancy. Daniel se encontró unos pantalones de cuero y llevaba una camiseta rota que decía No Future y que cambió a decir No Furniture. La Betty se blichió el pelo y llevaba puesto un sucio y gastado vestido de matrimonio. Se pasaron la noche actuando escenas de la película Sid and Nancy. Terminaron en el Diner a las tres de la mañana, Daniel casi inconsciente se apoyaba en el hombro de la Betty. Durante meses después se llamaron Sid y Nancy. Eso fue lo más cercano que estuvieron de ser novios.

Otra vez terminaron peleados y ella lo empezó a maltratar por la radio. En un momento la Betty cortó un disco y le dedicó una rola al "hijodeputa del Farmer Dan". Pero aún así, cuando estaba con ella siempre se sentía en control de si mismo, sabía que podría irse o quedarse y no habría problema. Siempre terminaban como amigos.

Con Betty no había compromiso, ninguno de ellos se decepcionaba con la idea de que no tenían futuro. Pero Andrea. Andrea. Daniel intuía que estaba completa y estúpidamente atrapado por ella. Andrea era peligro para él.

PELIGRO. Por ella haría cualquier cosa con tal de no perderla. Comprendía que lo haría sufrir. Decidió dejarla para evitar tener que pasar por esa etapa idiota del sufrimiento. Ya sé. Una lógica totalmente pendeja.

Al final resultó que sufrió, sufrió, sufrió. Y cuando pensó que la había sobrepasado, sufrió de nuevo.

Le deja su número de celular con la clave para que contestara en cualquier país de Europa. También le da otros números para encontrarla en Asia o, en cualquier otro caso, un buzón donde pueda dejarle un mensaje. Al final, su imeil. Daniel empieza a marearse de tanta información. Debes conseguirte un Smart Phone, le dice mientras anota su información en la libreta que usa para apuntes. Cuando se la regresa ve que casi no queda espacio para poner su nombre.

La última vez que Daniel vio a Betty fue en San Diego. Trabajaba para una revista y tenía que entrevistar al cantante de un nuevo grupo de rock. Habían pasado la mañana en Tijuana y estaban en un café en San Diego hablando de vivir una vida marcada por la frontera cuando una voz le susurró al oído, ¿Te acuerdas de tu Sweaty Betty? Ya no tenía el look dark. Era obvio que trabajaba en una oficina. Vestía un traje gris, su cabello negro negro era simplemente negro. No llevaba tanto maquillaje como antes. Había estado con unos colegas cuando lo vio. Aunque había pasado unos años desde Oaxaca, aún había una conexión intensa entre ellos. Ella lo quería ver más tarde y le dejó su número sobre una servilleta. Pero Daniel ya sabía que no la iba a buscar. Estaba seguro de que ella también lo sospechaba.

Pasan una hora hablando en ese bar. Se da cuenta de que casi no le dice nada. Antes Daniel y Andrea podían estar horas hablando de la música que les gustaba, del cine, de los libros. Unas tardes se acostaban en el pasto frente al edificio de la administración y se ponían a hablar sobre planes futuros. Ella se imaginaba trabajando en México o en otro país latinoamericano, con un grupo como Greenpeace o una ONG. Daniel no pensaba más allá de la universidad. Simplemente se quería ir a vivir a alguna ciudad, aunque sus padres querían que se regresara al pueblo rural donde había nacido.

Una noche, cuando caminaban por el campus, Andrea lo tomó de la mano. Fue una acción de lo más natural, como si la mano de ella estuviera en su sitio perfecto. Le dijo: si las cosas fueran distintas... y no terminó la frase.

Empezó a hablar de su curso de astronomía. Le comentó de la visita que hizo a un pequeño observatorio para ver los anillos de Saturno. No la había impresionado tanto, se quedó decepcionada. Quería ver unos anillos brillantes, un planeta lleno de color. Saturno no es tan brillante, dijo. Es más bien un color caramelo. El universo visto en el cine es más interesante.

Caminaron así por las calles del centro, tomados de la mano, mientras que ella hablaba. Daniel no le ponía tanta atención, temía que la mano empezara a sudar, que ella lo dejara de tocar. En un momento Andrea empezó a hablar de un futuro juntos. No sabía qué decir. Una semana después la abandonó, al terminar su último programa de radio.

Mientras ella le habla de sus andanzas por el mundo de las telecomunicaciones, él le quiere preguntar si es feliz.

Le quiere preguntar qué sentía al ver las estrellas, si todavía le parecía más interesante el universo pintado por el cine de Spielberg, Lucas, y Kubrick.

Le quiere preguntar si aún le gusta bailar en su habitación a la música del Cure.

Le quiere preguntar si alguna vez lo echó de menos.

Le quiere preguntar si no le gustaría irse con él, para retomar el camino que perdieron.

Esta vez, piensa, sabré qué hacer.

Pero no sabe cómo preguntarle.

Y le habla de juntas, de los reglamentos internacionales, de los aeropuertos.

Mira su reloj y se da cuenta de que tiene que partir.

En ese momento Daniel pone la mano sobre la suya. La mira. Le dice que se alejó de ella porque temía no poder aportar nada a su vida. Le dice que ya sabe que simplemente había sido una manera de evasión, de correr de sus emociones, de esconderse. Le dice que quiere rebobinar el video y volver a pasar tiempo con ella. Empezar de nuevo. Le dice que la quiere invitar a bailar.

Mira su reloj y se da cuenta de que tiene que ir a tomar su vuelo.

En ese momento Daniel se fija en ella. No sabe cómo decirle todo lo que le había pasado por la mente. Se encuentra como antes, sin palabras suficientes para expresar todo lo que quiere. Solo se puede ver como protagonista de un film de cine mudo. Intentando hablar sin que salgan las palabras, esperando que haya un corte para que aparezcan proyectadas en texto blanco sobre un fondo negro.

Ella se para y lo abraza. Lo besa en la mejilla. Daniel percibe que quiere que le diga algo. Siente que aceptaría si le pidiera que se olvidara de su vuelo, que fuesen juntos a otro lugar.

Pero no sabe cómo proponérselo.

Sabes, Andrea le dice antes de despedirse, la palabra en Hong Kong para extranjeros es *Gwui-lo*.

¿Qué quiere decir?

Fantasma, contesta, y se acerca y susurra, Algún día te contaré las cosas que he visto.

Lonely planet

Y esto es como una escena de una peli de Cassavetes, de Jarmusch, de Rohmer, de Bujalski. Una peli mumblecore, de esas donde hay a veces mucho diálogo y de repente silencios largos. O quizá es como una rola de Bishop Allen, "Click, Click, Click, Click", "Empire City" o "Another Wasted Night". Quizá como Elliott Smith, "In the Lost and Found" o "2:45 AM". Esto podría haber ocurrido en Alphabet City en Manhattan, la Misión en San Francisco, o en algún college Town como Athens, State College, Ithaca o Iowa City. Esto podría ser la típica historia hipster.

Pero no.

Estamos parados frente a un edificio colonial en el centro de Palenque, protegidos por la lluvia del verano bajo el pórtico del hostal. Y como estamos allí, parados juntos, esto es otra cosa. Algo.

Mochileros enamorados.

Mochileros en silencio.

Algo así.

Y estamos allí, bajo la luz de la entrada. Un silencio entre nosotros. En el lounge del hostal, lo que queda de una fiesta. Algunos ya se habían ido, o caminaban con las manos tocando las paredes hasta llegar a sus habitaciones, o salían a la noche eléctrica de Palenque en busca de su cantina favorita.

Quedan unos pocos, sus amigos y vecinos, que se hablan entre ellos o miran por la ventana a la plaza. A esta hora no hay nadie que intente venderles alguna cosilla supuestamente maya. La noche pesa —por la humedad, por el calor— y estoy a punto de despedirme para volver a mi hotel. Miro a la noche y me parece que la selva está más cerca, siento que está creciendo. Pienso de las ruinas maya en el cerro encima de nosotros. De nuestra caminata por la mañana, ella y sus amigos, para ver las ruinas al abrir el parque. Del sol que salió por entre las nubes cuando estábamos parados encima del Templo de las Inscripciones. De nadar en el río pequeño que bajaba por allí. Del calor. De nuestro descenso por la selva, cansados después de un día de subir y bajar templos. De la cena que luego se llevó al lounge. De las cosas ladinas que podríamos hacer en la noche.

A veces mucho se puede decir en un silencio.

Estamos juntos en la entrada. Me quiere decir que no me vaya, pero no dice nada. Me da miradas furtivas después mira a la lluvia.

Y hay una gran cosa no dicha entre nosotros. The unnamed. Lo no dicho. Lo sin nombre. Lo sabemos pero no lo articulamos: es una apreciación mutua.

Estamos esculpiendo grandes palabras con nuestro silencio.

Sin aviso me pega el hombro. Ligeramente.

Tumbados en su cama en Madrid nos contábamos historias. Las ventanas abiertas por el calor del verano. Los ruidos de los otros pisos. El vecino que cantaba boleros mientras preparaba la comida. La pareja que peleaba varias veces a la semana: peleas que siempre terminaban con cosas aventadas, portazos, llantos. Y luego, gritos pasionales cuando se contentaban. Los vecinos de al lado, dos diseñadores que pasaban las tardes jugando videojuegos. El chico que escuchaba constantemente a Art Brut, Franz Ferdinand, the Kaiser Chiefs, los Buzzcocks y los Hombres G. Y más allá que el edificio y sus sonidos, el tráfico que a veces sonaba a olas chocando contra una playa.

Xavier, me decía, cuéntame algo.

Y siempre nos contábamos cosas, nuestra relación se construía de historias: flirteos nada inocentes que salían con nuestras anécdotas y pasados. Caminando por Malasaña una mañana me preguntó si me escaparía con ella. Le contesté mirando mi reloj y diciéndole sí, pero tenía que volver para las tres de la tarde. Parados en una fila larga para ver una película en la Plaza del Cubo, le sugerí que nos escapáramos para Gijón.

No puedo, respondió. Tengo una cita con mi Cosa a las once en Chueca. Pero soy toda tuya por las siguientes tres horas.

Le miré con una sonrisa. Alzó una ceja.

¿Y qué? Besides, creo que tú también tienes algo con tu Caos más tarde, ¿no? En Lavapiés, ¿verdad?

Nuestras parejas no tenían nombres, solo eran Cosas. A veces, muchas veces, eran Caos. A diferencia de las personas que nos interesaban, a quienes llamábamos Aves. Aventuras. Vivíamos en una conversación marcada por Caos y Aves.

Después de la peli nos olvidamos de nuestras Cosas y nos fuimos juntos a caminar hasta las cuatro de la mañana, cuando la dejé en la entrada de su edificio. Parada allí, me abrazó y me miró directamente a los ojos. Aquí viene, pensé. Se acercó y luego se apartó con los ojos entrecerrados.

No me lo decías en verdad, lo de escaparnos a Gijón. Ya te conozco, viejo.

Es verdad. No quise que nos fuéramos a Gijón. Pensaba en Lisboa. Le contesté, pensando de que sí me hubiera gustado escaparme con ella a Gijón.

La abracé y me fui.

Eres un gran co-que-to... Me cantó a la espalda.

Perdón, le contesté con una sonrisa. Es que le dije a la Cosa que la sacaría a desayunar a las 4:30.

Madrid no tiene diners de veinticuatro horas, cariño.

Bueno. Entonces parece que le voy a hacer el desayuno en su piso.

Coqueto. Malvado. Y cerró la puerta de la entrada con una sonrisa.

¿Qué más se podría esperar de una pareja de mentirosos que había optado por ignorar lo obvio?

Y en mis visitas a Madrid nunca le dije que había volado toda la noche desde San Francisco solo para sentirla a mi lado.

En casa, separado por un océano y un continente, y caminando por el barrio de la Misión, a veces esperaba ansiosamente los correos que me llegaban contando historias o imágenes graciosas del día que veía en sus paseos por Malasaña, Chueca, Lavapiés o La Latina. También me mandaba SMS.

Un compañero de trabajo me acaba de preguntar que quería decir "emo".

Le contesté: díle que es un puppet para niños: tickle me emo.

A veces me llegaban mensajes de sus viajes de trabajo como periodista. Desde Estambul, un SMS donde me dice que está fumando narguile con unos mochileros australianos antes de regañarme por no estar allá. En Ankara escribe sobre un colectivo de trabajadores del textil para El Comercio. Desde Bolivia manda una foto donde está parada junto a una bici y un camino estrecho y sinuoso que baja por una montaña. Era para una crónica sobre "el camino más peligroso del mundo" que saldría en La Vanguardia. Desde Beirut me escribe sobre entrevistar directores libaneses y luego sobre la vida nocturna.

¿Cómo puede una peruana viajar tanto? Le pregunté una vez mientras bebíamos micheladas en El Alamillo.

Residencia española, obvio. Y tú, ¿cuál es your excuse Mr. Chicano?

Hecho en México, born in the USA, chica.

Entraría al Latin American Club o allá en el Farolito y de repente un SMS de ella. Estaría desayunando a las siete de la mañana después de una noche de marcha y yo estaría pidiendo una cerveza en el bar a las 10 de la noche. Tell me a story, me pedía. A veces miraba a mi lado y le pedía a quien estuviera a mi lado que contestara. Otras veces escogería a alguna chica en el bar y le preguntaría cuál era la cosa más rara que había visto en ese día. Y había algunas veces que simplemente les contestaba: You first.

R me pidió que me casara con él!

R: Cosa o Ave?

Ave! Caos está en Tánger. No t akuerdas de nada?

Si t pidiera k t casaras conmigo, k contestarías?

No hubo respuesta por una hora. Luego: Going home. Tuve que eskaprm d R en La Latina. Friqui. Si me preguntaras, contestaría… Y allí terminaba el mensaje.

Viajé toda la noche en un bus desde la ciudad de México a Villahermosa, donde me subí a otro bus que me llevaría a Palenque. Mi justificación para el viaje era por motivos de trabajo. Le dije que tenía que reunirme con colegas museógrafos de la Universidad Juárez Autónoma de Tabasco. Mi visita a Chiapas iba a ser rápida.

Ninguno quería confesar lo que pasaba. Ninguno quería dar ese primer paso. Secretamente queríamos que fuera el otro el que hiciese el salto, que admitiera finalmente lo que escondía todo el tiempo. Era un juego brutal. Casi caí un par de veces, pero siempre me acordaba de algo que me contó. Era sobre uno de sus antiguos profesores en la Complutense. Estuvo atraída a él por sus constantes referencias a música y cine y pronto llegaron a encontrarse en el café de la facultad. Pero sentía que todos sus esfuerzos por ganar su atención no llegaban a ningún sitio: era café y nada más. Coqueteaban, eso sí, pero siempre dejaba la impresión de que para él todo era una broma, hasta que cayó durante un curso de verano en El Escorial.

Fue genial, ese Ave. Hasta que se puso un poco obsesivo. Empezó a hablar de dejar a su mujer. Hablaba de nosotros como un Nosotros, una Unidad. Quería escaparse conmigo. Y no era broma. Estaba totalmente serio. Afortunadamente ya me había graduado y salió un trabajo en

Nueva York. Y me fui. Solo me divertía en el presente. Ese quería un futuro.

Se estremeció. Luego sonrió y me dijo: jamás me hagas eso, Xavi. Jamás.

Hey, no me mires así, le contesté. I'm just passing through en este lonely planet.

¿Cómo esas guías de viaje?

Exacto.

Un día después, me mandó un SMS. Me invitaba a cenar a su casa. Solo los dos.

Todavía intentndo conkistrme? No soy tan easy. Tiens k esforzarte. Besides, estoy en Barna. 2morrow a Mallorca. A ver la Cosa.

Siempre estábamos inseguros de lo que quería el otro. A la vez no lo estábamos. Nos escondíamos detrás de una fachada de historias: de nuestras relaciones, de las aventuras que habíamos pasado y de los momentos raros que habíamos visto.

En el verano del '88, punk rock me rompió el corazón.

Really?

No. Not really… bueno, quizá un poco. Creo que lo oí crujir. Un poco.

En el '88 tenía ocho años.

Yo, diecinueve.

Creepy viejo verde.

Fui gimnasta. Me enseñó dos cosas.

¿?

Flexibilidad.

¿Sí?

Y concentración.

Veía demasiada televisión. Me enseñó que mi nivel de atención era de treinta segundos.

Estamos, ves, en un bar en Poble Sec. Barcelona, ¿sabes? Y estamos bebiendo vino tinto de estas barricas de madera. Tenemos una conversación totalmente random. No sé, no hablamos de nada, la verdad. Pero de repente ella se me acerca y me susurra en la oreja, ¿tienes novia? La miró unos segundos y le contesto, tengo un vaso de vino... y... uhm... diez euros. Y luego apunto a un bato en la barra, creo que él tiene novia.

¡Qué bobo eres! Te estaba ligando.

¿Y qué? Estaba bebiendo vino. Y tú sabes, nada debe venir entre uno y un buen vaso de vino.

Ah bueno, tienes razón, old man.

Gracias, joven.

En Marrakesh conocí a un venezolano. Baterista en una banda punk anarquista. Pelo largo. Hot. Totalmente. Me. Encantan. Los hombres. Con. Pelo. Largo.

Bueno pues, otro punto en mi contra. No tengo pelo largo.

Te lo puedes dejar crecer...

Ya pues… entonces te veo… nunca.

Bye.

Eso fue hace nueve meses. En ese tiempo se mudó de España a México. Cambio de aires, me dijo. Luego me admitió que se fue por su novio. Le dijo que la quería. Había empezado a planear un futuro para ellos. Eso la espantó y empezó a buscar el primer trabajo que le sacaría en chinga de España. Surgió Palenque. Un trabajo documentando la labor de un grupo de arqueólogos del INAH en un proyecto en las ruinas. Madrid era divertido, pero ella tenía ganas de ver qué tal estaba Chiapas, le dijo al Cosa. Mientras empacaba sus maletas para irse al aeropuerto le dijo que sería un viaje corto. Pero ella lo único que tenía era la idea de escaparse. Irse rápido. El Cosa debería haberlo sabido, ya que la primera vez que oyó lo de Chiapas fue en ese momento cuando se despedía. Debería saber que él sería simplemente otra historia en su cuaderno de despedidas.

Unos meses después, subí a un vuelo para México.

No llegué con el pelo largo. Lo corté más corto antes de subirme en el vuelo en San Francisco.

Y ahora la miro, en la luz amarillenta del pórtico del hostal. La abrazo y ella pone la cabeza en el hombro mientras me abraza por la espalda. Todo en un movimiento suave, natural. Bajo la cabeza y le quiero decir que me quiero quedar. O mejor, le quiero decir que siempre quiero que estemos así. Le quiero proponer que nos escapemos juntos. A cualquier lugar. Pero la otra parte mía, la parte que siempre me ha parado, me dice que no, no debería proponer nada de eso. Ella es una bad bet. Una apuesta mala. Conozco sus historias. Conozco su pasado. La conozco. Evita los compromisos no por miedo, sino porque ella es una persona que vive completamente en el presente. Y para una persona así, el futuro no es nada más que una camisa de fuerza que encierra los deseos. Ella quiere asegurarse de que siempre tiene muchas vías abiertas a la vez. Y esto lo sé porque soy igual. Mi gran fracaso en las relaciones era el hecho de que parecía no querer el compromiso y mis novias al final siempre me acusaban de imponer distancia.

Y estamos allí los dos. Parados bajo el pórtico mientras llovía. Dos personas inseguras de dónde ir. Dos personas que se dicen mucho sin decir nada.

Y miro la lluvia, la poca gente caminando por la calle, saliendo de los bares y cafés en la plaza. Miro las luces amarillentas de Palenque. Y estoy cansado. Siempre inseguro. Y al final simplemente estamos haciendo nuestros papeles en una peli sin dirección. Algo como Cassavetes. Algo como Jarmusch. Algo como Rohmer. Algo como Bujalski.

Y después, de vuelta en San Francisco, me despertaba sudoroso en cama. Estaba convencido de que me iba a morir solo en mi piso y de que mi cuerpo no sería descubierto hasta meses después. Y en la oscuridad pensaba en ella. La imaginaba tomando senderos casi olvidados por la selva: a la deriva entre los maya. Y me di cuenta de que le echaba de menos. Y me entraron remordimientos por la manera en que me fui y de como me despedí de ella para siempre en un correo largo. Y luego, su respuesta que a primera vista parecía no reconocer lo que le había dicho. Pero en el mensaje, dijo de pasada dos cosillas. Lo primero fue una descripción de una reunión de antropólogos donde puso, No sé lo que hice para merecerte. Y luego, después de comentar un viaje a Agua Azul, escribió: Nunca tuve la oportunidad para explicarte lo que sentía.

Luego el silencio

Era delgada, tendiendo hacia flaca. De mediana estatura. Piernas largas. Pelo entre rubio y castaño. Cuello estrecho. Después me diría que de niña sus compañeros de escuela se burlaban de ella. Le llamaban jirafa. La vi al salir del edificio, en el estacionamiento, pasó frente al carro, con rollerblades. Patinaba con esa languidez extraña que tienen las chavas jóvenes. La miré. Estaba cansado después de un día caminando de junta en junta. Ya estaba listo para irme directamente a casa y sentarme frente a la tele. Las sombras se alargaban en esa tarde de otoño. Los árboles estaban en el proceso de cambiar de color. Octubre. Dartmouth College.

Estas historias empiezan así.

Los vecinos. Otra vez. Gritan. Miro el reloj, las dos de la mañana. Salgo de la cama y me voy hacia la ventana. Afuera todo está oscuro, muy oscuro. Puedo ver que entre los árboles hay una luz encendida en su casa, estoy seguro de que es la luz de su habitación. Por un momento quiero gritar que se callen, que aunque vivamos en el bosque, aún hay gente que tiene que trabajar al día siguiente. Vacilo en llamar a Juliana, sé que estará despierta porque está estudiando para un examen. Camino por la habitación, los gritos de él por entre los árboles. Espero que algún oso se encabrone y se meta a su casa. Pienso salir a la universidad. Dormirme en mi oficina. Algo. También me entra la idea de ir al dormitorio de ella, pero sé que no sería bien visto. Bajo a la sala donde no se pueden oír los gritos y me acuesto sobre el sofá. Saco un periódico por debajo de los colchones y empiezo a leer. El titular anuncia la muerte de Nixon. Miro la fecha, 23 de abril de 1994. Cierro el periódico y saco una revista. Data de 1989. La caída del muro de Berlín. Me quedo dormido leyendo sobre los festejos.

¿Otra vez? Me dice cuando le cuento a la mañana siguiente.

Sí. Creo que van hacia un récord nuevo, han peleado tres noches esta semana.

Estamos en el Dirt Cowboy tomando desayuno. Le digo que me dormí en la sala.

Ay, Lalo, por eso te ves tan cansado.

Cambio de tema y le pregunto si está preparada para su examen de antropología. Hace una mueca. Voltea la mirada y sonríe.

No estudié. Me pasé casi toda la noche consolando a Tiffany, confiesa.

Con la cara que pone estoy a punto de darle un beso. Pero me acuerdo que la jefa del departamento está sentada a unas mesas de nosotros. Y aunque nuestra relación es más o menos public domain, todavía no se me quita la idea de que alguno saldrá para reclamar que no está bien visto tener una relación con una alumna. Y no es que sea una gran diferencia de edad, tengo treinta y siete años y ella veintidós. Mi asesor de tesis dobla la edad de su segunda esposa. Se entiende, según me contó Teresa antes de venirme a New Hampshire, el amor al final no es nada más que el resultado de la proximidad. Estábamos sentados en un puente abandonado, tomando cerveza. Era una noche clara de junio. Las estrellas se veían con más nitidez porque no estábamos cerca de ningún pueblo. Pensaba en mi ex Lauren que de vez en cuando me llamaba. Aunque había pasado más de tres años desde que llegué a Nuevo México, todavía me acordaba de ella en ciertas noches. Esos recuerdos fueron lo que al final arruinaron la posibilidad de una relación con Teresa.

Nada más que proximidad, me repitió Teresa.

Esa tarde de otoño la miré acercarse a mi carro para luego pasar frente a mí. Perdido en el cansancio de las reuniones de ese día casi no la vi hasta que pasó a mi lado. Se llamaba Juliana, aunque en ese instante no lo sabía. Tampoco sabía que era mexicana, que estudiaba historia ni que esa tarde había sido el aniversario del mes en que decidió dejar a su novio, un undergrad en Harvard. Tampoco sabía que dentro de unas semanas se sentaría a mi lado en el Dirt Cowboy y se presentaría, Juliana.

Todo eso vendrá después, como también lo demás, enamorarnos, irse a vivir conmigo en la casa al lado del lago y pasar noches que no podrá dormir por los gritos de los vecinos. En ese momento solo la miraba patinar por la calle, en mi carro, siguiéndola, como si me guiara por un pueblo extraño.

Había estado en Hanover un mes, invitado como profesor visitante durante el año académico. Daba un seminario ese trimestre sobre geografía urbana. No me agradó mucho la idea de volver a New Hampshire, una parte del país que quedaba lejos de mi querido Southwest y un lugar que todavía me dejaba con tristes recuerdos. A la vez, la oferta me vino bien para tomar distancia y quitarme finalmente lo de Lauren, el salario me ayudaría y era Dartmouth.

113

¡Dartmouth! ¡Felicidades, broder!, me felicitaban los amigos. Mi madre armó una gran fiesta en el pueblo. M'ijo se regresa a Dartmouth, anunciaba con alegría. Yo les decía a todos que no era nada. Solo es por un año. Solo voy como visitante. Pero no les importaba. El hecho era que alguien del pueblo se iba como profesor en una de las Ivy League Universities. Nadie quiso recordar lo de mi hermano Todd.

Tuve problemas en conseguir alojamiento en Hanover. Finalmente encontré una casa al lado del lago Eastman. Me habían dicho en el Real Estate Office que el lago quedaba a veinte minutos del campus. Era verdad. Tomaba veinte minutos para llegar a Eastman. Pero de allí eran veinte minutos más por caminos estrechos y sinuosos entre el bosque para llegar a la casa. El viaje al campus me tomaba cuarenta minutos.

La casa era de madera, con una sala que abría a una terraza grande con vista al lago. Estaba rodeada de vegetación. La única otra casa que quedaba cerca estaba a unos diez metros. Casi no se podía ver por los árboles.

La dueña vivía en Boston y usaba la casa para el verano y varios fines de semana cuando quería escaparse de la ciudad. Aceptó alquilármela por un año. Cuando negociamos el contrato me habló de la cantidad de actividades que ofrecía Eastman. Esquiar sobre agua, alquilar canoas, hiking por el bosque, ciclismo, montar caballo, pescar en el verano. Esquiar sobre nieve —tanto cross-country como bajar por el ski slope que estaba a un lado del lago— pescar sobre el lago congelado y una cantidad de actividades más que me hacían saber que la casa que alquilaba era una puerta a un mundo lleno de actividades. Cuando le expliqué que lo que buscaba era un espacio tranquilo para trabajar, me dijo que la casa también era perfecta para eso. En vez de un puerta que se abría, era una que se podría cerrar al mundo. Para uno que buscaba esa soledad y ese alejamiento era perfecto. La paz total. Uno podría sacar a su Thoreau interno. Pero para mí, que me sentía a gusto en las ciudades, que me sentía contento con ver edificios altos, tráfico y capas de contaminación en el aire, vivía en terror. Si tuviera que escoger entre tipos de campo, prefería siempre los campos abiertos, con pocos árboles, como los del valle central de California donde vivía mi familia, o el altiplano nuevomexicano, allí por Albuquerque. Regresarme a vivir a Hanover era también recordarme mis años como estudiante allí. No sabía que me esperaba volver como profesor, aunque fuera visitante. El bosque no me inspiraba confianza, menos los ruidos por la noche de los animales. Cualquier cosa podría pasar desapercibida. Sentía que en cualquier momento saldría algún Jason o Freddie Krueger para descuartizarme. Me maldije la tarde que encontré un venado a dos metros de la entrada a la casa. De noche escuchaba con desconfianza a los mapaches trepándose por el techo. Temía la mañana en que saliera de la casa y viera a un oso escrutándome. Me agobiaba tanta naturaleza descontrolada. Después de una semana en esa casa, empecé a entender la locura de Jack en The Shining.

Aunque hay poca distancia entre nuestras casas, todavía se siente uno aislado. Por los árboles. A veces sentado en la terraza podía ver la otra casa. Su ubicación es distinta y lo que veía eran partes de una pared de madera. Los vecinos y yo compartíamos un camino y a veces nos encontrábamos. Era una pareja joven, más o menos de mi edad. Era obvio que pertenecían a una clase privilegiada. Los había visto en Hanover. Ella era rubia y siempre vestía bien. Ropa de marca. Él, también. Emanaban el privilegio y la comodidad como jamás había visto en otras personas.

Con frecuencia los encontraba en el Dirt Cowboy, mi sitio preferido cuando no estaba en mi oficina. Tenían el aire de gente a la que siempre se le había dado todo. Algo frío, incluso entre ellos. Se sentaban en una mesa y no miraban a nadie. Ya no se trataba de simple arrogancia. Era algo más. Indiferencia total. Él leía el New York Times y ella se pondría a hojear cualquier revista. Casi nunca se dirigían la palabra. Una pareja que había optado por el privilegio y el estatus en vez de la felicidad.

Por supuesto, nunca hablábamos. Seguro que notaban en mí un pasado laborando en los campos de arroz o en la pizca de las aceitunas. Era evidente que no era dueño de la casa a su lado, que simplemente era un inquilino y que, por eso, pertenecía a otro nivel social. Uno al que a ellos nunca les interesaría entender. No querían ensuciarse con esa realidad.

Juliana trabajaba en el Co-Op de Hanover. Antes siempre iba al otro, el que quedaba cerca de la carretera. Después de conocerla, cambié de sitio. Lo bueno fue que empecé a trabajar más en la oficina. Por las tardes iba al Co-Op para comprarme algún bocadillo y me regresaba a la uni. Cuando Juliana terminaba su turno, pasaba por ella y nos íbamos a Eastman.

Camino a Eastman me contaba de su día, de sus clases, o de cualquier cosa que recordaba. Uno de sus profesores empezó una clase dedicado a la década de 1960 con una anécdota: lo que para él significaba esa época. Describió el día que era un undergrad caminando por su campus y al llegar a un edificio se encontró con la chica más guapa que jamás había visto en su vida. Ella salía del edificio y al cruzarse se dieron un beso larguísimo y se separaron. Jamás la volvió a ver. Me contó de una noche de copas con amigas en Nueva York, de los bares por donde habían pasado. Uno tenía la entrada por una bodega dominicana y estaba en el sótano. A otro se entraba por lo que parecía ser una sala típica, con sofá y televisión y fotos familiares. El bar estaba atrás, pasando la cocina. A mí me recordó a mi bar favorito de Santa Bárbara, Elsie's. La fachada era una tienda abandonada. En la entrada había grandes vitrinas viejas y algunos sillones. El bar quedaba en el almacén que daba a un pequeño patio. Una noche, cuando caía nieve, los dos nos contamos cuentos de fantasmas. Al llegar a la casa estábamos tan espantados que Juliana me hizo salir primer e iluminar todo para que viera que no había ningún fantasma o matón esperándonos.

En el principio le gustaba bromear que iba a escribir una carta a la administración. Estimados administradores. Quisiera anunciarles que uno de sus ilustres maestros visitantes me acosa. Soy una joven inocente que viene de una familia mexicana muy tradicional. ¿Qué dirán mis padres de este agravio contra su honor? ¿Cómo me defenderé? Me dictaba su carta y cuando me veía suficientemente estremecido me sonreía.

Ella me despierta. ¿Qué? Le pregunto, la voz ronca. ¿No los oyes? Sacudo la cabeza y los oigo. No manches. Están peleando. Otra vez. Ya estoy acostumbrado al relajo, pero ella no. Los dos en la cama, escuchando los gritos de los vecinos. Se da cuenta de que no me sorprende. ¿A poco siempre son así? Pos sí, mi amor, le contesto. Casi siempre. Creo que pelean cada cinco días. Al principio me molestaba y quería gritarles, pero ya casi nunca me despertaban. Juliana empieza a reírse. Imagínate, me dice, la vida de ellos. Para oír mejor, salta de la cama y se va a la ventana. Órale, como Rear Window, le digo. Nos paramos, intentando ver entre los árboles. Nada. Aunque sabemos que gritan, no podemos descifrar las palabras, como que hablan un idioma extraño.

Después de un rato, las voces disminuyen y nos regresamos a la cama.

Las primeras veces le pareció gracioso lo de los pleitos de los vecinos. Después empezó a alarmarse. No sabía cómo me podía dormir con el ruido. Me despertaba y me pedía que hiciera algo. Siempre le decía que no sabía qué hacer. No les podría gritar a esos gritones. Tampoco pensaba irme a su casa a esas horas para decirles que se calmaran. No salía para nada de noche a ese pequeño bosque embrujado que separaba las casas. Juliana se enfadaba conmigo por mi cobardía.

Finalmente creo que también se sintió inútil al tampoco poder hacer nada.

Salgo a la terraza para ver el lago. Congelado. Miro las nubes. Cuando alquilé la casa no pensé en cómo saldría para Hanover los días de nieve. No me gustaba manejar por calles congeladas y para llegar a la casa al lado de Eastman había que cruzar muchas colinas. Hace un mes el carro se resbaló y me salí del camino. Afortunadamente, no me pasó nada. Solo el susto. Me fijo en la casa vecina. Nada. Silencio total. Los árboles sin sus hojas forman caligrafías extrañas. La casa al lado es casi igual a la mía. El carro de ellos está estacionado en el camino de entrada. Una imagen de perfecta normalidad. Como si nada hubiera pasado.

Pienso llamar a Juliana, pero sé que no me va a contestar.

Después de estar juntos un par de meses, empezó a pasar menos tiempo en la casa. Prefería dormir en su dormitorio. Me decía que tenía que estudiar, pero sabía que ya estaba cansada de tener que pasar nuestra relación a escondidas. Juliana me decía que no tenía por qué preocuparme. Solo era un profesor visitante y no tenía que pensar en reglas universitarias que no me afectaban. Tampoco era necesario preocuparme ya que no era alumna mía. Estaba cansada de vivir una vida secreta. Un día mientras estábamos por el Quad me tomó de la mano. Ya no le importaba quién nos veía. Me sentí raro pero acepté que nuestra relación había pasado a una nueva etapa. Dos días más tarde empezó a dejar cosas en la casa. Ropa. Maquillaje. Libros. Era diciembre y sabía que pronto habría mucha más nieve y que iba a ser difícil salir de esa zona para la compra. Me gustaba la idea de estar compartiendo la casa con ella.

No recibí ninguna carta de la administración. Los colegas tampoco dijeron nada.

Pasamos juntos las navidades; ella decidió no regresar a casa y mi familia en California sabía que pensaba estar metido en el trabajo durante las vacaciones. La mayoría del tiempo estuvimos en casa, acostados al lado de la chimenea o bailando en la sala con la música que teníamos. Por las tardes nos acostábamos en el sofá y le contaba de mis años como locutor de radio. A veces salíamos a caminar al lado del lago. Nos imaginábamos la última pareja en el mundo. Hicimos el amor en cada una de las habitaciones, en la cocina, el comedor, la sala y en las escaleras. Hasta en la terraza. Bajo una cobija gruesa de lana. Aún así sentimos el frío y al terminar nos regresamos corriendo a la comodidad de la sala para que yo prendiera el fuego. No llegamos a hacerlo en el sótano. Era demasiado frío y despedía un aire de miedo. ¿Aquí es donde se esconden los cadáveres? Me dijo cuando lo vio por primera vez. Hablábamos de conseguir un perro, pero pensé que la dueña de la casa no nos daría permiso. Soñábamos con la llegada de la primavera para que pudiéramos alquilar una canoa para remar sobre el lago.

Nos dimos cuenta en esos días de que éramos una pareja cursi.

Miro de nuevo a la casa. Toda silenciosa. No se ve nada que se mueva detrás de lo negro de sus ventanas. Sé que allí dentro pasó algo. Sé que por alguna razón ha cerrado las cortinas. Estudio el lago. Me pregunto cuándo se descongelará. Oigo pisadas en la nieve. Algo viene entre las ramas. Los sonidos crispantes mueren rápido en el aire. Y lo veo. Está caminando por el camino que recorre el lago. Está solo. Lleva ropa de pescar. Me acuerdo que lo había visto salir a una casita sobre el lago congelado donde pescaba. Me mira y me saluda. Como si nada. Como si siempre fuéramos cuates. Sube a su casa y entra por la puerta del patio. Es un día helado.

Después del primer pleito que me despertó, los vi salir una tarde del Hanover Inn. Se vestían impecables. Puse especial interés en ella, pero no tenía ningún rastro, ningún moretón, nada. Simplemente parecían la pareja perfecta del pueblo. Se subieron al carro y se fueron. Seguí caminando a la librería.

Durante el mes que vivimos en la casa los vimos solo una vez. Acabábamos de caminar hasta donde se alquilaban canoas y estábamos de regreso a casa. Me venía hablando de una amiga suya de la ciudad de México. Odiaba el frío y hablaba de buscarse un trabajo en un lugar cálido. Lo más caliente, mejor. Pensamos en qué diría si estuviera en New Hampshire. Nos estábamos riendo cuando los vimos. Estaban en el patio de su casa, los dos perfectos en sus chamarras de invierno. Parecían un anuncio para el catálogo de L.L. Bean. Los vimos y nos callamos. No decían nada. Estaban parados como maniquíes en pose de photo shoot para revista de moda alta. Cuando entramos a casa nos reímos tanto que nos salían lágrimas.

No sé cómo puede vivir esa gente. Me dijo.

Pues, le contesté, alguien me dijo que los ricos no son como nosotros.

La primera vez que vino Juliana a la casa le di un pequeño tour. Le presenté la cabeza de venado colgada encima de la chimenea. Después le enseñé las hamburguesas vegetarianas que me encontré en la refrigeradora. Le mostré el sofá que estaba reforzado con periódicos y revistas, la más antigua que había encontrado era de 1980. De allí, la saqué al patio que daba al lago. Le señalé la casa que quedaba al lado. Le dije de los pleitos que nunca se podían entender bien por los árboles.

Allá por febrero comenzaron a pelearse con más frecuencia. Como Juliana estaba en la etapa de exámenes empezó a pasar más tiempo en Hanover. Casi llegué también a dormir en la oficina para no tener que escucharlos. Me decía Juliana que cuando terminara con los exámenes regresaría a la casa. Decía que nosotros haríamos nuestro ruido. Mostraríamos a los vecinos qué tipos de gritos se deberían hacer por la noche.

Por las tardes nos poníamos frente a la chimenea para calentarnos con el fuego de la leña que había metido a la casa y con lo que sacaba del sofá, que empezaba a disminuir en tamaño. A veces Juliana sacaba alguna revista o periódico del sofá y me leía lo que encontraba. ¿Sabías que NASA va a mandar un Space Shuttle para arreglar los defectos del telescopio Hubble? O, dice aquí en el New York Times que hay que ver la nueva película de Almodóvar, una que se llama Mujeres al borde de un ataque de nervios. Esta revista dice que Jurassic Park es una maravilla tecnológica. Esta otra dice que con su nuevo disco, The Bends, Radiohead no tiene futuro.

Hago un pequeño tour en la casa. Aquí en este sillón se sentó Juliana mientras hablaba con su madre. Aquí en esta mesa cenábamos comida del Co-Op porque a ninguno nos interesaba guisar mucho con las pocas cosas que había en la cocina. En esa alfombra nos acostábamos para mirar la cabeza del venado. Imaginábamos que era una cabeza mecánica, como en Disneylandia. En cualquier momento empezaría a hablar y a cantar. Allí en esa pared colgaba su chamarra verde, su bufanda roja y su gorra negra. En este cuaderno al lado del teléfono me escribió una carta de amor. En este escalón me retó a una carrera a la habitación. En esta cama dormíamos. Debajo de estas cobijas nos abrazábamos.

Los gritos. Otra vez. Nos despertamos asustados. Se oían más fuertes. Pensé que fue por la ausencia de hojas en los árboles o porque no había viento esa noche. Ya era el colmo. Salí de la cama para ponerme las botas de nieve y mi chamarra cuando me dijo que no la dejara sola.

Quédate aquí conmigo. Por favor. No va a pasar nada. No me dejes sola. No. Me. Dejes. Sola.

Estaba sentada en la cama. Las cobijas agarradas hasta la boca, el miedo en los ojos. Aterrada. Decidí quedarme. Pensé que solo era otro pleito en el fight club que tenían. Me metí a la cama y la abracé. Los gritos seguían. Más y más fuertes. Nos abrazamos más y más fuerte. De repente un golpe. Nos miramos. Silencio.

Nadie dijo nada.

Luego el silencio.

A la mañana siguiente bajamos a tomar café. Desayunamos en silencio. Cuando salimos a la universidad no quisimos mirar la casa de al lado. Esa tarde, cuando fui a buscarla al Co-Op, me dijo que no quería quedarse en la casa esa noche. No me dio ninguna excusa, ni yo se la pedí. De regreso fue cuando me salí del camino por lo del hielo. Afortunadamente no hubo muchos daños al carro y pude llegar a casa. En la casa vecina no había ninguna luz. Esa noche cada vez que escuchaba algún ruido —un animal corriendo por el techo, una rama tocando la ventana, el viento paseando por los árboles— me despertaba imaginando lo peor, una hacha, unos martillazos, una sierra eléctrica.

Nunca me despertó lo que esperaba.

En los días siguientes vi menos a Juliana. Sabía que había empezado la etapa del distanciamiento. Poco a poco sus cosas empezaron a desaparecer de la casa. Juliana la abandonaba y no podía hacer nada. Miraba por la ventana a la casa vecina. Ningún movimiento. Si veía a alguien, era a él, saliendo a pescar. Vivía como si nada hubiera pasado.

De ella, nada.

Regreso a la ventana para mirar al lago. Juliana estará entrando al trabajo. Pienso en la primavera. Espero que llegue pronto para ver el lago descongelado de nuevo.

Me sostengo con la promesa de la primavera. Para tener hojas en los árboles entre las casas. Para poder tomar mi café en la terraza. Para ojalá encontrármela de nuevo, tomando café en el Dirt Cowboy, caminando por la calle con el pelo rubio suelto, ya libre de los gritos. Tal vez la encontraría patinando en rollerblades por la calle y yo detrás, siguiéndola.

Camino al sur

Esperanza entra a la habitación y encuentra a Tomás sentado en la cama. Escribe con dificultad. Se acuerda de un momento similar, cuando recién habían empezado a salir. Por las tardes solía escribir en la cama; a veces ella se acostaba a su lado repasando algún trabajo de uno de sus estudiantes. Después de un rato Tomás leía en voz alta para que Esperanza le diera sus comentarios. Él la abrazaba y ella cerraba los ojos mientras escuchaba. Le gustaba escuchar las sonoridades de su voz en la habitación. Se acuerda de que siempre parecía que había una luz amarilla que se filtraba, que todo tomó un color entre amarillo y ocre, que había un sentimiento de paz y calma.

Ahora no. La lámpara que usaba Tomás no daba mucha luz. La oscuridad reinaba sobre todo. Antes escribía con facilidad, pero eso era antes. Su brazo muerto colgaba a su lado.

Esperanza mira alrededor de la habitación que había sido suya toda la vida. Aunque la casa era de ella, decidieron quedarse en su habitación porque daba al frente de la casa y porque ella se sentía más a gusto allí. La que había sido la de su mamá se quedó cerrada con la idea de que la usarían para visita. Esperanza mira a las fotos en la pared. Ella de niña en el campo, con sombrero de paja y parada al lado de un chivo. Ella en un vestido largo, con su pelo arreglado y cara de enfado, parada frente a su familia en el jardín de la iglesia después de una boda. Ella teenager, en una camiseta de tirantes que dice Giggles en la frente, su cara cuidadosomente pintada, los labios rojos, los ojos delineados de negro, el pelo peinado en alto. Está con su amiga Lupe, la que llamaban Shy Girl, las dos sentadas en una banca cerca del parque. Ella, todavía con su look de chola de East LA, arreglándose para su graduación de la universidad. Ella, en traje y con el pelo corto, a punto de comenzar a enseñar su clase de ingeniera química. Su vida estaba allí, expuesta en la pared. Esperanza vio su reflejo en el espejo y casi no se reconoció.

Estaban en la casa de Orland que les había dejado la mamá de Esperanza. Era un pueblo pequeño, en el norte de California, donde no había mucho más que agricultura y un poco de ganado. Este pueblo parece que no es nada más que una bola de farmers y rancheros, donde los hombres son hombres y los corderos están en therapy, le comentó Tomás la primera vez que vinieron. Esperanza sonrió, aunque no le hizo tanta gracia el comentario.

Vivían cerca de la autopista. Desde la ventana del comedor la podían ver. A veces Esperanza se sentaba allí y la estudiaba. Era parte del sistema de interstates construido bajo la administración Eisenhower a finales de los '50. De todos los freeways que corrían del norte al sur, este era el único que tocaba frontera con Canadá y México. Esperanza veía los carros con el paso seguro de que tomaban el camino correcto. Casi nadie salía del freeway para conocer el pueblo. ¿Para qué? Si se detenían era para cargar gasolina o comprar algo para comer. Un lugar de esos: casi olvidado. Si no hubiera sido por la autopista el pueblo quizá hubiera desaparecido en el valle: convertido en un lugar fantasma donde solo vivían el calor sofocante del verano, los vientos del otoño y la capa densa de la neblina del invierno que cubría todo el valle.

La primera vez que trajó a Tomás, él pensó que su novia lo llevaba al centro de la nada. Pasaron horas y horas en el carro, rumbo al norte. Solo se veía el paisaje lunar del valle central del estado. Cuando dejaron atrás Sacramento para seguir más al norte, se imaginaba como un pionero, en un viaje para conocer tierras nuevas. Y al final cuando llegaron, pensó que jamás podría seguir en una relación con una chica que vivía tan lejos de la civilización.

A los dos años se casaron.

Pero aún así nunca le gustó hacer ese viaje.

Habían entrado a una rutina en el matrimonio. Los dos dejaron casi de hablarse. Vivían en Austin, pero después del accidente dejaron Texas para volver a California. Ella estaba segura de que él pensaba que se quedó en la relación porque se sentía culpable, aunque nunca le había dicho nada al respecto. Casi nunca decía nada. Se la pasaba en la sala o en la habitación, en oscuridad.

La familia de Esperanza había estado por allí en la década de los cincuenta, eran braceros y trabajaban en la pisca. Años después, uno de sus tíos decidió quedarse en el pueblo, atraído por los huertos de naranja, de aceituna, de almendra y por la tranquilidad de ese ambiente rural. Había una pequeña comunidad mexicana donde siempre había trabajo. Para él, Orland era un lugar perfecto. Por las tardes le gustaba caminar por los huertos hasta llegar al freeway nuevo. Veía las montañas distantes, el cielo que cambiaba de color al caer el sol, la autopista solitaria que dividía el valle y conectaba a tres países. Después de unos años, los tíos habían conseguido reunir suficiente dinero para comprar una casa. Vivían al lado de la carretera que pasaba por el pueblo y cerca de la compañía donde empacaban aceitunas. Esperanza recuerda la primera vez que caminó a esa casa con su madre.

Se acuerda del aroma de los aceitunas y de cómo toda la zona se impregnaba con ese olor fuerte. Tenía cuatro años.

¿Qué?

Nada. Solo entré para buscar un trabajo que creo que dejé por aquí.

¿Te ayudo?

No, gracias.

Sabe que él está intentando hacer conversación, pero está tan cansada que no puede. Baja la mirada y empieza a buscar por la habitación.

En la década de los sesenta los padres de Esperanza llegaron al pueblo para vivir con los tíos. El papá empezó a trabajar en la lechería y la mamá trabajó en una fábrica donde se empacaba almendras. A un año de mudarse al norte nació Esperanza y después de un par de años nació su hermano. Los padres compraron una casa en una zona entre huertos de naranjas y el freeway. De niños, los hermanos corrían al cerco de metal que lo dividía del huerto. Veían pasar los carros, desde ciudades del sur como Sacramento o San Diego hacia el norte a ciudades como Portland o Seattle. Les gustaba imaginar a dónde iban los carros. Inventaban vidas para los viajeros. A veces se veía Mount Shasta en la distancia, parecía una nube blanca impuesta sobre la autopista. Parados en el cerco, un día, Esperanza le contó todo esto a Tomás. Todavía le gustaba construir las historias de los carros que pasaban. Ella miraba hacia el sur, pensando en ciudades como Sacramento, como Los Angeles, como Tijuana que quedaba al final del freeway. Se imaginaba en algún carro en camino hacia el sur. Un carro que ella estaba conduciendo, llevándola lejos. Tomás puso la mano sobre su hombro y ella sintió cosquillas.

Sin saber por qué, Esperanza se acerca a la cama y lo abraza. Al principio se queda sorprendido. Empieza a besarle en la frente y él sube la mirada. Se acuesta a su lado y se siguen besando. Como antes. Como cuando recién se conocieron. De repente él se aleja de ella.

Esperanza se levanta y va hacia la ventana.

Regresaron a la casa para que se mejorara. Ella aceptó porque pensaba que también podrían recuperar la relación. Los chistes, la risa durante la cena mientras le contaba de las cosas absurdas que le pasaban. Los bailes juntos en la cocina ante un público compuesto de platos sucios. Se quedó con él porque pensaba que el abismo que se abrió entre ellos en Austin desaparecería en California.

Esperanza consiguió un trabajo en un Community College que quedaba a unos veinte minutos del pueblo. Daba clases de ingeniería a estudiantes desinteresados, que pensaban más en los negocios de los campos de arroz y en el ganado. A veces regresaba tarde a casa en el carro viejo que había pertenecido a su madre difunta y encontraba a Tomás intentando mover la mano. Se veía frustrado, la cara roja, intentos inútiles. Aunque se le notaba la frustración, nunca se quejó con ella.

La verdad es que lo quería mucho. Estaba atraída por su calma frente a todo. Le gustaba escucharlo leer en voz alta. Le gustaba verlo en las reuniones. Le gustaba pensar que le pertenecía. Que había dominado a todas sus pretendientes cuando se casaron.

No te culpo. ¿Me crees? Yo no te culpo, Tomás le dice desde la cama.

Ella mira y no responde.

Discutían en el carro. Estaba lista para dejarlo. Ya no aguantaba la distancia que de un día a otro se abrió entre ellos. Él se puso triste y casi empezó a llorar. Esperanza no sabía qué hacer. No esperaba que se pusiera tan triste. Solo quería ver si Tomás podía sentir emociones, algo. No sabía qué hacer, qué decir. Los dos en el carro, la lluvia. Dobló en la calle donde vivían. Nunca sintió el golpe, solo el dolor, las vueltas del carro y que las bolsas de aire se inflaron con tanta fuerza que los dos quedaron magullados. A ella no le pasó nada. Tomás… el brazo paralizado.

Creerás que pienso que te quedaste conmigo porque te sientes culpable, ¿verdad? Pero no es así. La verdad es que… estoy contento que te hayas quedado. Sé que podemos arreglar todo.

Se queda parada frente a la cama. No sabe qué decir.

Esperanza, solo estoy esperando que las cosas mejoren.

Ella le da la espalda.

¿Dónde vas?

Afuera.

No le pregunta más, se da la vuelta y empieza a mirar por la ventana. Esperanza se va de la habitación y camina por el pasillo oscuro. Sale de la casa y entra al carro viejo. Mira hacia arriba y ve la silueta de Tomás en la ventana. Se queda sentada en el carro. Al lado pasa el freeway. Tiene las llaves en la mano, está dispuesta a irse ahora para siempre. Baja la ventana y deja entrar el aire de la noche. Puede escuchar los carros que pasan por la autopista. En doce horas puede estar en la frontera. Piensa en qué bien sería juntarse al tráfico, perderse entre todos los carros en las vías de Los Angeles.

Sentirse llevada hacia el sur. Puede ver que Tomás sigue en la ventana. Ella piensa en dormir a su lado, en sentir su cuerpo. Medita en lo difícil que sería vivir sin él a su lado. Una vez le dijo que se estaba cansando del mundo, que solo quería estar con ella. Quiere estar con él, pero no puede, ya no se acuerda cómo.

Esperanza cierra los ojos, la noche está llena de caminos y ella duda cuál tomar.

Instrucciones para cenar con tu ex esposa

Cálmate cabrón. Respira. Respira lenta y profundamente. Cálmate. Mira otra vez el calendario. Míralo otra vez. El 10 de octubre. Asegúrate de la fecha. El 10 de octubre. Vete a la tele para ver ese canal donde muestran la fecha. El 10 de octubre. Cálmate. Es el 10 de octubre, otro pinche 10 de octubre. Te quedas mirando el calendario. Sabes lo que pasa en esta fecha, todos los años.

Cena.

Cena con tu ex esposa. La que te dijo una mañana mientras te duchabas que ya no quería estar contigo. Ella, mirándose en el espejo; tú, jabón en la mano. Estoy enamorada de otro. Solo pudiste meter la cabeza en el agua, el jabón en la mano convirtiéndose en espuma.

Y así —así— terminaron cinco años de matrimonio.

Cuando se conocieron siempre te hablaba de un ex lover suyo que estaba casado. Te decía que él y su mujer tenían la mejor relación. Completamente abierta, podían acostarse con cualquiera. A veces ella y él cenaban en su casa con su mujer. Te quedaste espantado con esa imagen que te parecía de lo más ridícula. Una relación basada en la filosofía del have your cake and eat it too. ¿Y de qué sabor quieres tu helado de limón?, le querías preguntar.

Pero también eras un pendejo enamorado y no le dijiste nada.

Después pareció contradecirse cuando te juró que solo quería estar contigo. Para siempre, te dijo cuando se casaron.

Estaba enamorada de otro. Como si nada. Como si alguien pudiera estar con otro solo hasta que entrara otra persona. Matrimonio en el siglo XXI, agárrate de lo que puedas hasta que aparezca algo mejor.

Claro, ella no lo veía de esa manera. Había construido una mitología personal donde se podría ir si lo quisiera. El primer paso fue asegurar que tus ideas sobre el matrimonio eran mitos, imágenes ideales creadas en un universo romántico que no tenía nada que ver con la realidad. El segundo fue decir que vio muchos matrimonios tristes y que ella no quería terminar así. El tercero fue declarar que la vida era demasiado corta como para poner esfuerzo en mantener un matrimonio. El cuarto fue pretender que ustedes eran solo compañeros de cuarto y que tu idea de amor romántico no podía sostener un matrimonio de vida.

Intentaste razonar con ella, decirle que solo buscaba una justificación para dejarte, pero nada.

Pendejo. Ya sabes que la razón es la primera cosa que se tira por la ventana cuando uno está por largarse. No puedes contra el escape de velocidad. Al final, para ella el matrimonio era menos un contrato entre dos personas que una relación entre una serie de relaciones. La única diferencia era que en los matrimonios te daban regalos de boda.

Te dejó el apartamento en el upper East Side y la mayoría de los muebles que empezaste a vender poco a poco. Se fue a trabajar a la oficina de Londres. Te pidió sólo una cosa, que cenaran cada 10 de octubre, el aniversario de cuando se conocieron.

Tú, que aún te zumbaba la cabeza con lo que pasó, aceptaste.

Repito: pendejo, huevón.

Cuando te propone una ex salir a cenar piensa en esto: no lo debes hacer. Es más, no lo hagas. Es arriesgado. Es otra manera de demostrar que tú no estás en control de tu vida.

Busca ropa.

Te paras enfrente del clóset pensando en qué vas a usar. ¿Qué lleva uno para una cena especial con una ex? ¿Debes hacer el esfuerzo de ponerte presentable, llevar corbata y saco? ¿A quién vas a conquistar? ¿Por qué piensas en esas huevonadas? No seas güey. Mejor no vayas.

Sentado en la cama en shock, aún mojado por la ducha, le escuchaste decir que se iba a Londres por unas semanas. Le recordaste que tenían planeado unas vacaciones a España durante las fiestas navideñas. Alquilaron el piso que tenían en Madrid cuando pasaron el 2001 allá, como refugiados, cuando todo cambió en Manhattan. Al principio lo pasaron fatal pero al final no quisieron regresar. Volvían porque pensabas que allí podría ser una reafirmación de lo que tenían como matrimonio. Un nuevo principio, tal vez.

Ella regresaba una semana antes de que fueran a salir. Le dijiste que no tenía sentido. Podía volar directo de Londres a Madrid. No le importaba. Insistía que iba a ir contigo. Le ofreciste su billete de avión para que lo cambiara por un vuelo a Londres para que no tuviera que comprarse otro.

Qué amable.

Qué cortés.

Eso siempre ha sido tu problema.

Wimp.

Te dijo que no fueras tonto. ¿Por qué no le pusiste atención?

Le preguntaste para qué iba.

Para sentirme especial, te contestó.

No hay peor dolor que escuchar esto. Repito. No hay peor dolor.

Y no era como si el matrimonio fuera una cama suave de plumas de ganso o un wet dream que uno recuerda con felicidad. Los dos habían pasado por altibajos. Como todas las relaciones. Pero ella estaba preparada para olvidarse de los buenos momentos para creerse un ser sofocado.

Decía que tú no le podías dar lo que quería: hogar, conversación, protección.

Decía que tú no eras capaz de darle el apoyo que ella necesitaba.

Y la verdad fue que ella esperaba tener la vida de una princesa. Casa grande, fiestas, eventos sociales. Periódicos que la mencionaran. Pretendía tener una vida sacada del fucking lifestyle de los ricos y famosos. Y cuando no pudiste dárselo, su vida se derrumbó. Te culpó totalmente por la destrucción de sus sueños.

No entendía que estabas aplastado. Ni sueños te quedaban.

Entra a la ducha.

Quédate debajo del chorro de agua por mucho tiempo, hasta que casi se te arrugue la piel.

Sal de la ducha y vete a afeitar. No te gusta que el espejo del baño se humedezca, que casi no puedas ver sin tus gafas, que te tengas que afeitar con la cara casi pegada contra el espejo.

Cuando te dijo que estaba enamorada de otro te cayó el veinte. Muchas veces cuando tenía un nuevo colega lo traía a casa. Le encantaba hacer cenas y preparar fiestas. Por algo habían comprado ese piso grande en el upper East Side con esas vistas espectaculares. Pero en este caso, casi nunca lo trajo a casa. Lo que sí es que siempre lo mencionaba. Era el hombre más inteligente que conocía (primera espina que te metió). Era bien comprensivo (segunda). En Londres conocía a la gente más importante (tercera y out).

El viaje a Madrid fue un desastre. Claro. Casi no se hablaban. A veces salía por la mañana a caminar. Las pocas veces que salieron juntos ella se mantenía distante. Todos tus intentos de cortejarla fracasaron. Parecías menos su pareja y más un mono vestido de chaleco que bailaba para ella mientras te miraba con dejadez. Pasaron el año nuevo en una fiesta en un bar con amigos y era obvio que ella no tenía ningún interés en estar allí.

Al regresar a Manhattan, se volvió menos interesada en tus colegas y los amigos que tenían allí. Los desayunos dominicales en Washington Heights le parecían aburridos, ni hablar de comer en alguna taquería en Spanish Harlem, lugares muy rascuaches para una mujer como ella. Te decía que los amigos eran tuyos, que cuando los invitaran a cenar en algún lugar cutre, mejor fueras solo. Quería estar en un grupo más culto, más sofisticado.

Y tú.

Adiós a las cervezas en Chelsea. Adiós a las fiestas en casas de amigos dominicanos en Far Rockaway. Adiós al hangueo con los compas en el Coffee Shop. Adiós a las salidas a los Lost and Found en Williamsburg.

Goodbye, goodbye.

Intentabas aproximarte más a lo que ella quería.

Y tú la veías alejarse más.

Se iba en un vuelo internacional sin boleto de regreso. Nadie la podía detener.

Menos tú, pinche mono enchalecado.

Quería ser la comprensiva. Te dijo que se iba no por ti sino por ella. Que se había dado cuenta de que ella misma no podía ser the perfect wife para ti, que merecías algo mejor.

Le dijiste que ella se tenía que encargar de decirles a todos la razón por la que se iba. Se enojó. Sabías que ella solo quería lavarse la conciencia.

Vístete.

Después entras al estudio para sentarte frente a la computadora. Tienes unas horas, quizá puedas escribir algo. La verdad es que no puedes. No has podido por mucho tiempo. Solo vas a ver el cursor retándote. Tienes un poco de tiempo. Miras de reojo tus materiales de pintura: no has pintado nada desde que se fue. Decides leer algo. Sacas de uno de tus estantes una antología. Abres el libro al azar y te encuentras con un cuento de Carver. Una relación que termina en el silencio. Un cuento brutal, puro Carver. Se te mente en la cabeza que quizá ella regresará, que ustedes dos terminarán en tu pequeño apartamento. A ella nunca le gustaba ver la casa sucia y te pones a recoger la correspondencia en la mesa del comedor, poner los trastes en el lavaplatos y barrer. Entras a la habitación y notas que no se necesita hacer la cama, pues nunca duermes en ella. Es la misma que compartías con Melina y aún no sabes por qué decidiste quedarte con ella. La verdad es que nunca duermes allí, la sientes demasiado grande, prefieres dormir en la sala frente a la tele.

A unos meses del divorcio decidiste mudarte a un apartamento pequeño en Brooklyn, porque querías vivir más cerca a la universidad donde trabajabas. Alquilaste el piso de Manhattan y vendiste casi todos los muebles. Solo te quedaste con la cama, la tele, el estéreo, un sofá verde, un teléfono negro, tus libros y la computadora.

El año pasado llamó para recordarte la fecha y para ver si ya habías escogido un restaurante para cenar. Sabías que ella tenía un lugar en mente y tú, como siempre, le dijiste que no habías decidido. Una de las cosas que más le disgustaba de ti era tu supuesta indecisión. Nunca entendió que lo hacías porque ella siempre tenía sus preferencias, y aunque tú intentaras plantear otra cosa, ella siempre optaba por la suya.

Toma pastillas para el estómago.

Empezaste a sufrir fuertes dolores de estómago cada vez que cenaban juntos. Al principio pensabas que era por el estrés del trabajo. Pronto te volviste más preocupado. Las cenas se convirtieron en traumáticos campos de batalla.

Te gritaba, ¡he cambiado mi vida por ti!

Tú no le contestabas que habías cambiado más.

Estabas metido en un estudio académico pero chocaste contra una pared. Pasabas horas frente a la computadora que solo te regresaba tu reflejo.

Revisas el apartamento.

Pones atención especial en el baño y la cocina, los dos lugares que ella odiaba ver sucios. Piensas que quizá sigas enamorado de ella. Es la segunda vez que la verás, y aunque el año pasado la cena había terminado mal, piensas que hay una parte de ti que todavía espera que ella regrese. Sacas los compacts de los Pixies y Nirvana del estéreo. Juntas todos tus discos —muchos que habías conseguido cuando trabajabas en la radio— que tienes desparramados por la sala y los organizas en los estantes. Los grupos como Nirvana, como Wire, como Big Black, los regresas al fondo de los estantes.

¿Qué estamos escuchando? Te pregunta cuando regresa del trabajo.

The Pixies, le contestas.

¿Por qué lo estamos escuchando, lo tenemos que escuchar?

¿No me escuchaste? Son los Pixies.

¿Y qué? Ya no somos teenagers, te recuerda.

Quería tener un lío amoroso, pero su británico no quería escuchar nada sobre el asunto. No quería nada con una mujer casada. Ella empezó a resentirse contigo.

Te decía que los amigos le recordaban que ustedes eran incompatibles y que te lo habían dicho antes de la boda. Nunca te acordabas de esas conversaciones. Y cuando les preguntabas a los amigos, ellos tampoco sabían de lo que hablabas. Te explicaba que se había dado cuenta de que se había equivocado en sus sentimientos. Te negaba que lo que sentía por el inglés le afectaba en su decisión para dejarte. Te empezó a hablar como si fueras niño. Te decía que no te quería hablar de su trabajo porque tú en realidad no en-ten-dí-as-na-da de lo que hacía. Cada sugerencia tuya le parecía una tontería. Una noche, en una cena con unos amigos, cuando se te ocurrió tomar una foto del grupo, se burló de ti y de tus ocurrencias.

Antes esas ocurrencias le encantaban. En un viaje a Texas se te ocurrió desviarte en Arizona para ir a Sedona. Y aunque no llegaron a Austin hasta un día después de lo que debían, se pasaron toda la noche y parte del día siguiente en la cama. Cuando salieron a mediodía casi no podían caminar. En un restaurante en San Diego, donde se cubrían las mesas con papel grueso y un vaso de crayolas como adorno, empezaste a dibujar al grupo alrededor de la mesa. Todos se rieron de las caricaturas y ella quiso llevarse el dibujo para enmarcarlo.

Antes todo lo que hacías le parecía novedoso.

Pero esto fue antes.

Recuérdalo.

Al principio siempre quería estar contigo. Una noche, antes de estar casados, llegó a tu apartamento. Tu compañero de piso le abrió la puerta. Cuando saliste a la sala, la viste entrar, sonreír a tu compañero, pasar a tu lado con una mirada lánguida y entrar directamente a tu habitación. Te diste vuelta y entraste para encontrarla debajo de las cobijas de tu cama, esperándote. Cerraste la puerta. Unas horas después se vistió y se fue sin decir palabra.

Cuando fueron a visitar a su familia en Guanajuato, los padres le habían cambiado la cama por la que había pertenecido a la abuela. Quizá pensaban que ustedes no intentarían nada. Y así fue durante la primera semana. Al principio los dos dormían espantados con la idea de que la presencia de la abuela seguía en la cama. Cuando se acostumbraron a la cama se dieron cuenta de que rechinaba y seguro que los padres los podrían oír. La solución de ella fue hacer lo que quisieran en el piso, encima de una cobija.

Tu rutina nunca varía. Despiertas temprano, si tienes que ir a la universidad, te vistes y te vas en metro. Si no tienes nada programado, te quedas en casa, sentado frente a la computadora, el sonido de la tele llegándote desde la sala. A veces pasas los fines de semana en el cine. Has llegado a ver hasta cuatro películas entre sábado y domingo.

Otras veces pasas horas en el metro.

La cena del año anterior fue difícil. Sabías que su romance con el británico había terminado, que ella pensaba regresar a Manhattan. Tú ya habías dejado de pensar en ella. Habías vendido casi todos los muebles, acababas de cambiarte al nuevo apartamento y pensabas que lo peor de todo había pasado. Conociste a una chava en el café Halcyon y habías quedado en llamarla. Pensabas que ya estaba todo bien. Por eso aceptaste la cena, para mostrar that you were back.

Durante la cena te recordó cómo se conocieron, los viajes que habían hecho, cuando se mudaron de California a Nueva York. Te preguntó sobre el trabajo, los alumnos, si todavía te juntabas en el Holland Bar con ellos y algunos otros colegas. Le preguntaste del trabajo, sus viajes recientes, sus padres. No le preguntaste de Londres.

Al llegar el postre, te preguntó si salías con alguien. Le contestaste que a veces te encontrabas con una colega de

NYU, pero que por lo general estabas muy ocupado. No le preguntaste nada sobre ella o de su relación. Diálogos que no iban a ninguna parte, totalmente forzados.

Caminaste con ella al garaje donde tenía el carro. Era alquilado, te explicó. No estaba en Manhattan por mucho tiempo, estaba de paso. Se iba a San Francisco. No había luna esa noche, pensabas que todo sería posible. Querías preguntarle si no había posibilidad de que ella regresara a New York, decirle que se quedara contigo, que querías dormir otra vez en a su lado.

Te acercaste y ella también. Se abrazaron y le quisiste dar un beso.

Te empujó bruscamente y te dio una cachetada. Te gritó: ¡Daniel! ¡Pero qué haces! Y tú, sorprendido, bajaste la mirada y buscaste algo que decir. Te dijo que había estado pensando en ti, sabía que eras casi un ermitaño, que casi nunca hablabas con nadie. Te dijo que eso le parecía muy triste y cómo ustedes eran amigos, pensaba que una cena sería una buena idea para motivarte a seguir. Te dijo que notó que estabas perdido, que necesitabas dejar de ser pendejo. No dijiste nada.

En camino a Brooklyn, le pediste al taxista que te dejará antes del puente. Decidiste caminar desde allí. A la mitad del puente, te paraste a mirar a las luces de la ciudad. La verdad nunca te sentías tan a gusto allí. Por eso fuiste tú quien la dejó primero. Acuérdate, cabrón. Tú la abandonaste primero. Pero volviste porque decidiste que no tenías la fuerza para vivir solo.

Al año siguiente no tuviste opción.

Al llegar a tu apartamento te sentaste frente a computadora.

Nada. No pudiste escribir nada. Revisaste todo lo que habías escrito antes. Una porquería. Borraste todo.

Cálmate.

Miras a tu alrededor.

El apartamento está limpio. La verdad es que nunca está muy sucio, ya que casi no tienes nada. Por allí te ha llegado la noticia de que ahora ella está de regreso en New York. Que está sola. Que pregunta por ti. Te han contado que dice que fue un gran error dejarte. Que aunque ha tenido varias relaciones, se ha dado cuenta de que te sigue buscando.

Miras la hora. Vas a llegar tarde. Ella odia que llegues tarde. No te importa.

Te paras en la puerta. Ya es hora de partir. Miras tu apartamento con sus pocos muebles, casi todos conseguidos en tiendas de segunda: la mesa de madera con cuatro sillas; la silla roja de los años sesenta, muy space age bachelor pad y la mesita de la sala del mismo estilo. Objetos que en algún momento significaban algo para otras personas.

En ese momento sabes que aunque te han dicho todas estas cosas de ella, no va a regresar contigo esta noche. No porque no lo quiera.

Tú no vas a la cena.

Ahora entiendes que las relaciones son diálogos constantes y lo que tú y ella pasaron fueron más bien monólogos. Todo fue un cuento que se acabó antes de empezar.

Parado allí, en la puerta te das cuenta de que hace tiempo que no habías pensado en ella. No como los primeros meses cuando se fue. Reflexionabas sobre la manera en que te despertaba con alguna canción. Sobre sus llegadas a casa después de un día largo, con documentos para investigar y pidiendo café. Sobre cuando la luz caía sobre su espalda por la mañana. Pero después esas memorias se desvanecían y quedaban como unas fotos amarillentas que habías encontrado en un cajón. Imágenes fugaces cuyos protagonistas ya no reconocías.

Y te das cuenta de esto: ella es ella.

Ya no tiene nada que ver contigo.

Todo es un cuento.

Y la pregunta no es si todavía la quieres sino ¿cómo fue que la extrañaste tanto?

Regresas al estéreo y pones un compact.

Te mereces un trago.

145

Juntas caminan por el bosque de su soledad

Wacha... wacha...

Hey.

¿Los escuchas? Ya empezaron. El relajo. Viernes. Fiebre de viernes por la noche. Ya sabes. Si quieres puedes ir a ver qué onda. Pero yo no. No. Me gusta estar aquí. En esta esquinita al lado de este edificio. Es mi spot, man. Aquí es mi lugar. Aquí es donde paso casi todo el pinche tiempo, my whole day, ese. Aquí en este spot.

Es que tú sabes, ¿no? Sabes lo difícil que es encontrar su spot. Bueno no sé si lo sabes. Neta, bróder. Para mí es difícil. Uno anda caminando por aquí o por allá, buscando buscando. El spot. El sitio. La parte de la tierra donde uno puede decir, Aquí, aquí. Aquí me quedo.

Es una pinche lata. La neta. Buscar su aquímequedo. Ni creas que lo he encontrado. Porque la vida, la vida, la pinche vida, es otra lata, uno nunca está conforme con lo que le toca. He viajado por gran parte del mundo, te lo juro. Ya sé. Ya sé. No lo parece. Pero es la neta. He visto muchas cosas. He sufrido. Neta. The truth and nothing but. ¿Te cuento cómo es la prisión de Soledad? No, mejor no, man. He pasado por muchos lugares. París, Amsterdam, Madrid, San Francisco, Tijuana. Y no te voy a decir una jalada de esas que todo el mundo se parece a Tijuana. Todas las ciudades se parecen a la memoria de uno. He viajado un chorro y yo te digo que así es. La mera neta.

De todos mis viajes lo que sí he encontrado es este sitio. Esta esquina del mundo, aquí, frente a este edificio. Es un spot bien buena onda. Desde donde me siento puedo ver hasta el centro. Chido. Y si miro pallá, veo otros edificios universitarios. Este es un sitio por donde transitan muchas personas. Tienen que pasar por aquí y yo, pos aquí estoy.

Wachando a las beibis. Wachando a las morritas pasar.

Wachando, wachando.

Pero esto no es mi sitio por life. Nop. Por ahora me late este sitio. Esta parte de la tierra. Desde aquí puedo ver pasar a mucha gente, a veces hasta alguno, como tú, se siente a mi lado. Y no digo nada. No me quejo, dude. Pues así es. It's a free country, ¿sabes? No puedo andar corriendo a la gente, aunque a veces me gusta estar solito, sentado en mi esquina, wachando a las beibis. Pero cuando se acerca algún bato, pues, ¿qué le puedo hacer? No lo puedo correr. Eso sería muy, muy mala onda. Mejor lo dejo estar aquí. Los dos ni nos hablamos por un gran rato. Después pasa alguien, una beibi, o un profesor de prisa y el compañero se ríe y hace algún comentario. Un chiste tal vez. Un bad joke, casi siempre. Uno de esos que te hacen mirar al cielo y pensar, Beam me up, Virgencita, beam me up.

Pero no hago nada. No respondo. No. Me quedo así, quiet. Todo buti suave.

¿Pa'qué voy a salir de mi onda, man?

Si el tipo sigue de terco, tons me sigue hablando. Y maybe tons maybe, le contesto. Hablamos un rato. Not much. No tanto para que crea que somos superfriends o algo. No tanto para que crea que es Batman y yo Superman. No. Compartimos el mismo espacio por un rato y eso es todo. Todo. No vamos a pretender que nos volveremos grandes amigos, salir a beber cheves, conectar con chavas y después llorar juntos al final de la noche. Pos qué chingaos. Nunca vamos a luchar contra el mal. No hay un Joker, no hay Riddler, no hay Lex Luthor. No, nada de eso.

Pos hay que ser realista ¿no?

Me dicen el preacherman. No sé porqué. Quizá porque siempre estoy aquí en mi esquinita, wachando wachando. A veces me pongo a cantar alguna rolita que se me entra a la mente. Algún batillo me puso el nombre y se quedó. Ahora todos me conocen como preacherman. Pero yo no soy preacher. No. Simplemente soy un bato desos que se sienta en alguna esquina para mirar rolar al mundo. Cada esquina del mundo tiene a alguno como yo. La neta.

Hay un dude que también anda por aquí, en esa otra esquina. Se pone a hablar y pregonar. Ese cabrón sí es preacherman. Habla y habla. Intenta salvar a los niños y las niñas de ellos mismos. Trabajo de pendejos. Digo yo. ¿No sabe que para que uno se encuentre es necesario desviarse? Por lo menos un ratín. Rolar, vagar. Perderse. ¿O no? No soy preacherman. Simplemente soy un bato desos que se les ha dado por rolar por el mundo, como Kane, de Kung Fu. Soy un bad motherfucker.

Pues no soy un bato meramente homeless. Tengo cantón, la neta. Es mi carro. Un Volkswagen van. Allí tengo mi camita. De noche lo estaciono en algún lugar oscurito y cierro todo. Cubro las ventanas con cartón. Me quedo en la camita, mirando el techo. A veces escucho música. Tengo un walkman desos que tocan compact discs que me regaló un bato. Me pongo a escuchar música. Son los compacts que me quedan. Muy pocos. Oldies para nada. Música de mi época, un poco de Malo, un poco del Chicano, un poco de los Plugz. También unas rolas norteñas. ¿Por qué no? Hay que darle alegría a la vida.

¿Qué cómo caí a este pueblito? No man, caí como muchos caen. Caí por una morra. Neta. La seguí por el país hasta llegar aquí. Estuvimos juntos junitos por dos años. Y ahora, no está. Se fue. Me quedé. End of story. Sí, los pinches inviernos son reteduros cuando no tienes a alguien calientito a tu lado. ¿Qué se puede hacer? Me quedé.

Cuando no estoy en mi esquina me voy a rolar por el pueblo. Es un sitio agradable, pequeñito. Uno puede ver todo en una hora. Ya todos me conocen y a veces me invitan a pasar. Me dan trabajitos. Que hey help me a armar un estante, que help me a abrir unas cajas de camisetas, que help me barrer un poco. Ellos y su help me.

Me dicen: hey Preacherman, got some free time?

¿Te imaginas? Free time? Tengo todo el time de este pinche mundo, man. Pero no les contesto de inmediato. Nop. Me pongo a pensar. No hay que parecer como un desesperado. No. No hay que aventarse como si le ofrecieran la morra más buena del mundo. No hay que tirarse tan rápido. Time. Take time. Me pongo a pensar y parece que voy a decir, Nop, sorry. Pero no. Acepto. Why not? Es un trabajito. Me pagan un poco y yo me voy caminando por el pueblo. Bien cool con mis centavitos extras. A veces voy a buscar al preacherman para invitarle a unos drinks. Pero claro, que no me salga con eso de salvarme. I know which side I'm on.

¿Conoces la frontera? Checa. Checa esto. Aquí la tenga tatuada en el brazo. Es la línea que siempre llevo conmigo. La frontera, esa.

¿Qué hará el preacherman los fines de semana? ¿Lo has pensado alguna vez? A veces lo he visto caminando por el centro. Sin el público es otra persona. Pasa desapercibido. Se vuelve más chiquito, no sé cómo hace. Como si su rol de preacherman fuese un traje de superhéroe que se pone durante la semana. Supongo que también se va a una esquina, no por aquí. Aquí es su lugar de chamba.

No, estoy pretty seguro de que tiene otro sitio. Uno donde no tiene que hacer nada, solo quedarse sentado y donde puede mirar pasar la gente. Quizá se pone a pensar en nuevos discursos, otras maneras para vender su producto. Quién sabe.

Wacha.

Aquí vienen. Las gemelas Barzón. Cecilia y Guadalupe. Chavitas texanitas. Flotan por el campus en sus botas de vaquero. Están solas aquí. Lejos de su tierra natal de Tecsas. Se nota en la manera en que caminan: juntas caminan por el bosque de su soledad. Je, je. Es que aquí en esta city no hay muchos mexicanos. No. Somos un grupito. Tú lo sabes, bróder. Simón qué yes que lo sabes. Aquí no somos tantos. Allá en el suroeste, however, uy, somos muchos, demasiados. Es la reconquista. Liberamos nuestra tierra y nuestra lengua locochona. Neta. ¡Ajúa, and all that!

Cecilia Barzón. No se puede decir otra cosa. Ce-ci-lia. Light of my life, fire of my loins.

Guadalupe Barzón. No se puede decir otra cosa. Check this out. Gua-da-lu-pe.

¿Qué te parece su name? Cuatro sílabas. Chidas. Chiiiiidas.

A veces me gusta pensar en Cecilia. A veces en Guadalupe. Me gustaría aproximarme a una de ellas y preguntarle: ¿bailas?

Me gustaría bailar con las gemelas. Las cuatitas Barzón. No a la misma vez. Me gusta bailar juntito. Y con las dos sería difícil. Me gusta bailar a las norteñas, algo de los Huracanes, algo de los Invasores, algo de los Bravos. Bailar a una norteñita. Zapatear por la pista, rodearla en mis brazos. Tenerla junto a mí, oler su cabello, oler su piel.

¿A qué huelen? Te digo. Huelen a mar. Huelen a verano. A calor. A música. A bailes. La neta. Así mismo. Si te acercas lo notas. No huelen a este pueblo, a estos campos de maíz, a estos caminos. Es más, huelen a las playas del golfo del sur de Texas. A música grupera y a Tex-Mex. A bailes en los dancing clubs de San Antonio.

Seguro que pensarás que me siento aquí porque me identifico con este caminito que va de subida a bajada. Claro que lo puedo ver en tu cara. No puedes entender que a veces un camino es simplemente un camino y no una metáfora para una vida. No. La neta es que esas metáforas me molestan. La vida es un camino. Uuf. Si fuera así estaría sentado al lado de un camino sinuoso con muchas, muchas curvas y bajadas y subidas. Un camino desos por donde uno se va en su carro ultra rápido, para mostrar que está en control, mientras que su familia le dice que no vaya tan rápido. Rápido. Y uno no les presta atención. Noche sin luna. Es un camino deshabitado. El carro corre bien. Y en una subida se encuentra con alguien que está pensando lo mismo. Intenta rebasar al otro carro más lentamente y se pasa a su carril, y aunque intenta desviarse, pierde el control y el carro sale del camino.

Así sería mi camino. Pero no te creas nada. Ni intentes hacer una relación con mi vida. Soy como el preacherman. No tengo historia, solo tengo mi voz y mi locura, mis words que me ayudan en noches largas y días tristes.

¿Por que no la metáfora de una vida como una ciudad? La mía sería una ciudad como New York. Edificios altos, mucha gente. Basura en la calle. Buen cine. Buenos clubes de música. Librerías, cantinas, restaurantes, tiendas de ropa. Todo. Y uno piensa que conoce todo. Que la ciudad es de una manera suya. Y sucede algo un día. Algo. Puede ser grande, llega Godzilla y destruye todo. O pequeño, se da cuenta de que no hay suficiente agua caliente en el edificio y a uno le encanta bañarse con agua caliente caliente. Algo. Y se da cuenta de que la ciudad no pertenece a uno, que de alguna manera ha cambiado.

No soy un hipi. No. Tuve mi vida, la neta. Tuve la waifa. Tuve la casa en la ciudad. Las vacaciones en el campo. El control. Y un día se perdió todo. Así nomás. Y ahora viajo en mi Volkswagen, con las pocas cosas que me quedan. Unos libros. Unos discos. No necesito de nada. Casi siempre hay alguien que necesita ayuda con algún trabajito. Limpiar la yarda de hojas en el otoño, quitar la nieve de las calles en el invierno, cortar el pasto, desempacar cajas de algún camión. Voy de lugar a lugar.

Las gemelitas Barzón. La verdad es que uno se siente lujuriosa al verlas.

Limpias. Divinas. Pantalones de mezclilla ajustados a sus caderas texanitas. Las botas. Las miro y me dan ganas. La neta. Unas ganas tremendas. Lo puedo sentir en las manos. Lo puedo sentir en el pecho. Ganas. Me dan ganas de sacarlas a bailar. Quizá llevar a una de ellas, ora Cecilia ora Guadalupe, a un lugar especial. A un hotel, pues.

Pero no a uno de paso. No. A uno de lujo, a un Ritz Carlton, a un Fairmount. La sacaría a bailar y después iríamos al hotel. Ella querría bañarse y yo la esperaría en la habitación. Pondrá el agua de la tina, meterá un dedo al agua para probar si está lo suficiente tibia, cantará. Yo estaré esperándola en el sofá de la habitación. Pediría algo de room service, una cena especial para nosotros. Cuando saliera estaría todo preparado. Cena, unas florecitas, la cama lista para dormir. Comeríamos la cena y después miraríamos un poco de la televisión. Estaría cansada y se metería a la cama. Se quedaría dormida. Yo la miraría, las sábanas dibujando su forma, su cabello negro cayendo a su cara, sus labios. Ojos cerrados. La miraría desde el sofá. Afuera se podría escuchar el tráfico.

Así es. ¿Qué te parece?

No la tocaría.

No.

NO.

En la mañana despertaría temprano y me iría a duchar. Después me afeitaría.

Al terminar sería el de antes. Me iría de la habitación sin despedirme de ella. Buscaría mi carro y lo llevaría a algún lugar para venderlo. Recibiría lo poco que me darían y con mis cosas tomaría un tren para la ciudad.

Así sería. Así sería el día que una de las gemelas Barzón acepte una invitación mía para salir a bailar.

A veces pasan estas cosas

La miro. Conduce el auto. Han pasado tres días. El paisaje ya no es el mismo. Dejamos atrás las selvas y los llanos verdes. Estamos en el desierto. Hace calor afuera. Miro por la ventana al paisaje quemado por el sol. Calor. Cactus. Sol. Calor.

La miro. Cabello negro rizado. Camisa blanca de lino. Tiene los dos primeros botones desabrochados. Desde donde estoy sentado le puedo ver la curva de las tetas. Un fragmento de brasier. Negro. Falda que le llega hasta debajo de las rodillas. Tiene una raja que pronuncia unas piernas largas. Son las piernas que despidieron a alguien o a varios.

Piernas que la llevaron a caminar al trabajo.

A las fiestas con amigos.

A casa.

A este carro.

A este camino.

A este desierto.

Por esas cosas que pasan estamos ella y yo rumbo al norte, hacia el desierto. Somos dos. Estamos en el carro robado de mi amigo.

Tres días antes desperté cuando el vuelo descendía hacia el valle de México. Bajamos de las nubes y vi la mancha urbana de la Ciudad de México. Escuchaba "The Exploding Boy" del Cure y miraba como se acercaban los edificios y las calles.

Hay un hotel en la Ciudad de México donde siempre me quedaba. Está en el centro histórico. Tenía tres años que no pasaba por allí. Nunca hacía reservaciones porque sabía que siempre habría una habitación. Resulta que al llegar esta vez no había cuartos disponibles. Por esas cosas que pasan, el hotel estaba lleno de centroamericanos en la capital para asistir a un partido de fút. Desconcertado, y un poco pissed off, salí a la calle. Estaba cansado. Me acordé de un hotel cerca del Barrio C. Un amigo me lo había recomendado en un viaje anterior. Al registrarme, ya tenía un mensaje. Xavier, call me. Era del amigo que me recomendó el sitio.

No le había dicho que llegaba a la ciudad.

Lo llamé. Nos citamos en el bar Ópera. De allí quería que fuéramos a las oficinas del World Trade Center para recoger a su novia.

En el bar se me olvidó preguntarle cómo supo encontrarme. Me quedé mirando al techo. Hay un hoyo en el techo del bar, se supone que fue causado por un disparo de Pancho Villa. Algunos dicen que entró en caballo y disparó. Otros que disparaba a una lámpara de techo. Algo. Esas cosas que pasan. O que pasaban en esa época de revuelta. Allí está el hoyo. Nunca se ha reparado y siempre se pinta alrededor. Mi cuate ya ni se fijaba. La verdad es que yo tampoco. Pero esa vez, por alguna razón, allí me quedé mirando al hoyo ese. Y se me olvidó preguntarle a mi amigo cómo supo que venía al DF y cómo supo dónde me quedaría.

En el edificio del World Trade Center, lo esperé en el auto mientras subió a buscar a su novia. Dejó las llaves. Vi el cielo. Parecía que iba a llover. Miré pasar el tráfico. Era la hora de salida y más carros llegaban para encontrarse con amigos, parientes, o parejas. El aire del atardecer, los efectos del vuelo, la gente esperando. El mundo se me volvió una roca que empezó a derrumbarse sobre la cabeza.

Cerré los ojos.

Los abrí cuando oí la puerta. Esperé ver a mi cuate dándome carrilla por haberme dormido. Uy, Xavier, me diría, cómo eres viejo, ya no aguantas nada. En vez de mi cuate, ella estaba allí. Con total normalidad entró al carro y arrancó. Así nomás.

Hey, le dije, ¿qué onda? No me contestó. Solo entró al tráfico del atardecer y nos fuimos.

A veces pasan estas cosas y no hay explicación. Como en esa muvi donde los actores cantan una canción triste y luego llueven ranas. Como Pancho Villa entrando a un bar en caballo y disparando. Cosas así. Cosas que pasan.

Decidí asumir que era un gran juego, uno de esos practical jokes de mi amigo. Una vez armó una broma contra otro cuate que estaba por casarse. Tres días antes de la boda emborrachamos al novio y después, ya inconsciente el bato, lo subimos en un avión para Tijuana. Allá esperaba otro compa, quien lo depositó en un hotel al lado de la playa. Cuando despertó —con una cruda espantosa— se encontró en un sitio desconocido y con poco dinero. Casi no llega a la boda. Su esposa todavía no nos hablaba.

Me puse en plan de idiota gracioso. Hacía comentarios de los edificios, de la gente, de las distintas colonias. Le pregunté si en la Colonia Doctores había una calle llamada Dr. Kevorkian; que si en alguna parte de la ciudad había una colonia llamada Secuestradores, con calles nombradas como Ronald Reagan —porque me secuestró mi juventud—, Stephen King —porque a los doce años me secuestró mis sueños— o Gregory Nava —porque me secuestró el tiempo en el que tuve que ver sus películas chatarra—; que si no sería irónico si Castro durante su estancia en México se hubiese quedado en el hotel Roosevelt.

No respondió. Silencio.

Manejamos por la ciudad por más de dos horas hasta que finalmente le dije que ya estuvo bueno, que me pareció buena la broma, que nos regresáramos a buscar a mi cuate.

Siguió manejando.

Intenté otra vez, esta vez enojado.

Me dijo que me callara, que estaba conduciendo en una ciudad donde no le gustaba manejar y que se ponía nervio-sa.

Estuve a punto de gritar. A patear la puerta. A golpear el cristal.

Me dijo: no eres prisionero, te puedes bajar donde quieras. Pero no me voy a parar. Vas a tener que saltar. Y luego puso el estéreo.

Pensé en esto: cuando alguien te ofrece un viaje, hay que aceptarlo.

Me resigné a mirar las calles que cruzábamos. Pasamos por restaurantes, parques, hoteles, plazas comerciales. Gente que esperaba los autobuses o a peseros. Policías de tránsito. Taxis verdes, amarillos, anaranjados. Edificios coloniales al lado de construcciones ultramodernas con toques prehispánicos. Seguimos rondando por las calles y en el sur entramos al Periférico. Demasiado tráfico. Avanzamos lentamente hacia no sé dónde. Cuando vi que salíamos en dirección a Toluca comprendí que dejábamos la ciudad.

La miro mientras conduce. No le gusta hablar tanto. La verdad es que cuando estoy en viajes largos a mí tampoco. Escuchábamos unos cassettes que estaban en el carro. Unas mezclas de música, Lounge con Punk con Prog Rock con Trance con Alternative Rock. Thievery Corporation, Dead Kennedys, Radiohead, Paul Oakenfold, Barbara Manning. Eran mezclas que le había regalado a mi amigo y que estaba seguro nunca las escuchaba, ya que él estaba metido en otra onda musical. Las mezclas nos servían como trasfondo para nuestro viaje. Al llegar a Morelia escuchamos algo de Kruder y Dorfmeister, entramos a Guadalajara con una rola de Pink Floyd. Para Tepic la música era de Daft Punk. A Mazatlán entramos con algo de Nick Drake seguido por Chris Isaak.

Mientras miro el paisaje, imagino cómo será su vida.

Si la filmara quizá sería así:

Está aburrida en su trabajo. Cada día lo mismo. Llegar en taxi al World Trade Center. Pasar por los guardias. Mostrar su credencial y subir subir subir en el ascensor a la oficina donde pasa todo el día. A veces se encuentra mirando por la ventana hacia la ciudad. En días claros puede ver las montañas que rodean la capital. Mira hacia las calles y nota el tráfico ahogando las arterias urbanas. Se queja con sus compañeras de trabajo del tránsito y de lo difícil que es moverse en la metrópoli. Sueña con escaparse. Subirse a un auto y conducir. Salir. Dejar atrás la urbe. A veces sueña con la playa, con la selva, con el desierto.

Sale a caminar por el centro. Pasa las zapaterías, las farmacias, a los vendedores ambulantes. No pone atención a nada ni a nadie. Para en un café donde me ve sentado en una esquina. Se acerca y me pregunta si me molestaría que se sentara conmigo. Alzo la cabeza y la miro. Me gustaría decirle en ese instante, sí, por supuesto. Sí, claro. Sí que sí. ¿Cómo no aceptar tal propuesta de una chava como ella? Pero en ese momento estoy cansado, tan cansado. Estoy a punto de mentirle. Estoy esperando a alguien. Algo. Y la verdad es que quiero estar solo. Por eso estoy en la ciudad, para perderme. Y sé que aunque esta sea mi muvi, la voy a regar con ella. Ya se ve desde el principio: este bato no termina con esa chava.

O quizá la filmara de esta manera:

Vive en un departamento en un complejo de edificios en el sur de la ciudad. La veo al pasar por su edificio todas las mañanas. Vive en el primer piso y su edificio queda cerca de la calle por donde camino cada mañana al café para leer el periódico. Cada día está allí, tomando el sol en el balcón. No nos hablamos.

¿Cómo? Ella es una muchacha bonita y yo un cuarentón barrigón loser con un sentimiento de autoestima aplastada. Quizás en vez de leer el periódico en el café, debería leer algo de superación personal.

No es que sea cualquier feo, soy un feo especial.

Ella me ve pasar todas las mañanas con ese paso lento que tengo, ese paso de condenado que va directamente a una silla eléctrica. Do not pass go. Do not collect $200. No hay pase de Get out of jail free. Me mira pasar y siempre me sonríe, pero nunca alzo la vista.

Cuando paso por su casa, invariablemente pienso en "Tú y las nubes" cantada en voz de José Alfredo.

Y así pasan los meses hasta que decido ir a otro café que me queda más cerca de mi casa.

Estoy en el café cuando la veo entrar. Me ve y una sonrisa le ilumina la cara. Un spotlight, sin filtro, enfocado en ella. Me ha estado buscando. Quiere decirme algo.

Se sienta y me pregunta por qué no había regresado al otro café.

Me invita al cine.

Juntos caminamos por las calles de la ciudad. Pasamos gente, edificios, perros. Y aquí, en esta muvi, no la regaría con ella.

Pero eso sería otra vida. Otra película.

Ahora estamos en esta. Una road movie.

La miro.

Vamos en un viaje hacia el norte. No me dice dónde.

Aunque viajamos solos y nos quedamos en habitaciones de hoteles con camas matrimoniales, no me deja tocarla. Pero cada noche que estamos de viaje se me acerca un poco más.

La siento a mi lado.

Respira.

Hay una hora de la noche en donde la oscuridad crea un efecto de alejamiento de cosas distantes a la vez que las cosas cercanas se aproximan. Siento el techo alzarse más y más. Las paredes retroceden. El tamaño de la habitación aumenta. Nuestra cama se vuelve un continente con autopistas, ciudades, montañas, desiertos, playas. Y siento a la misma vez que el camino entre ella y yo se viene cortando. Y nosotros nos acercamos hasta quedarnos juntos.

Suspira.

La miro.

No intento tocarla. No quiero romper este momento de trance. Este momento donde todo es posible.

Mientras deambulábamos por las calles de la ciudad, pensé que ponía demasiada atención al retrovisor. Alguien nos está siguiendo, pensé. Por eso se robó el carro de mi amigo. No quise mirar hacia atrás en caso de que alguien nos siguiera, pero no me podía aguantar. En un momento pensé que un pickup rojo nos seguía, en otro, un bocho negro. Al salir de la ciudad estaba convencido de que sí nos seguían y que a cada rato nuestros perseguidores cambiaban de auto para que no los detectáramos. Estuve seguro de que ella me llevaba como protección. En algún momento nos alcanzarían y tendría que defenderla.

Lástima que no llevaba traje negro como los pistoleros del cine. Ni máscara de luchador, como la del Santo o Blue Demon.

Esperaba salir cada mañana de alguna habitación y encontrar a nuestros hostigadores sentados en el cofre del carro de mi amigo. Estarían allí, esperando. Tres o cuatro gorilas. Feos. Siniestros. Masticando palillos o fumando. Tendría que salir a confrontarlos.

Y yo sin traje negro.

Ni máscara de luchador.

Pero no pasó nada. En las autopistas de cuota era obvio que nadie nos seguía. Cada mañana, cuando salíamos de algún hotel, solo nos esperaba el carro. Lo único cierto eran más horas en el auto y el camino hacia el norte.

A veces pasan estas cosas.

No estamos de prisa. Nos quedamos en Morelia, luego en Guadalajara, después en Mazatlán. Cualquiera que nos viera pensaría que andábamos de turistas o de luna de miel. Cuando estuve seguro de que nadie nos perseguía, empecé a pensar de nuevo en mi amigo. Teníamos su carro. Sabía que iría a reportarlo a la policía. Me imaginaba que en cualquier momento llegarían los agentes para acusarnos de robo. Grand theft auto, como esa muvi de Ron Howard. Cada vez que nos paraban en alguna revisión, yo empezaba a sudar. Ella totalmente calmada. Totally in control. Sonreía a los judiciales mientras yo evitaba mirarlos. Parecía ser yo el secuestrador. Más de uno me preguntó si me encontraba bien. Incluso llegaron a preguntarle a ella si se encontraba en algún peligro. Y ella simplemente me tomaba del brazo y les sonreía que no, nada, no hay ningún problema. Al salir de la revisión le pedía que tomáramos otra ruta, que no podía aguantar la posibilidad de otra revisión en 100 kilómetros.

Se reía y seguía.

En un momento me dejó ir. A la salida de la Ciudad de México paramos para cargar gasolina. Me dijo: puedes irte. Fijaba su mirada en el parabrisas. Empecé a abrir la puerta. No lo podía creer. Después de horas de pasar por la ciudad, me dejará libre. No consideré el carro de mi cuate. Libre. Estaría libre.

Y la miré.

Noté que cargaba una tristeza sobre los hombros. Pensé que en otra vida podríamos ser algo más que dos seres solos. Quizá empezaríamos serlo desde esta. Vacilé unos momentos y decidí quedarme. No sabía a dónde me llevaría, pero aceptaba el camino que me ofrecía.

Me miró y no me dijo nada.

Cuando llegamos a Bahía Kino, nos detuvimos. Salimos del carro y bajamos a la playa. Ella entró vestida al mar. Como en una muvi. Vi como las olas caían sobre su cuerpo. Salió del agua con una sonrisa. Nueva. Limpia del aire de la ciudad. Supe que el viaje había terminado. Fui a buscar a alguien de la administración para que nos alquilaran una cabaña.

Tenemos ya dos días aquí. Cada tarde salimos a caminar por la playa o nos sentamos en la arena para mirar la puesta del sol. Por la noche, acostados en la cama, siento que se me está acercando más y más.

A veces pasan estas cosas.

Lupe bajo las estrellas

Todd era el novio de mi amiga Lupe, la Shy Girl. De chicos los tres formábamos un grupo de outsiders: él era nuestro líder. Fue el bookworm de su clase: leía cómics cuando podía y luego los cambiaba por novelas de Stephen King y después de Kurt Vonnegut. Le gustaba jugar el rol. A veces era Spider Man, Kalimán, el Capitán Nemo, el Hombre Invisible, un guerrero Jedi, un mosquetero a servicio de un príncipe encarcelado por una tía malévola o un astronauta en un viaje galáctico. También pretendía ser un viajero del tiempo, atrapado en un año y un lugar que no le pertenecían. Fue el niño que a los trece años tuvo que hacerse cargo de la familia cuando nuestro padre nos abandonó.

Fue todas estas figuras para mí. Pero fue cuando se convirtió en cholo y luego yonqui que mi hermano mayor se pasó.

Volverse tecato fue too much. Y no ayudó nada el que Lupe también lo siguiera.

Lupe. Está a mi lado. No me dice nada. Los dos estamos sentados en el puente antiguo de Sutliff que cruza el río Cedar. Mira hacia arriba. Al cielo. A las estrellas.

Estas noches de Iowa me recuerdan las noches de California, me dice después de un rato.

A los doce años, Lupe y yo corríamos por entre los huertos de naranja para tumbarnos debajo de un árbol y leer lo nuevo de los Cuatro Fantásticos, Batman, Kalimán o de nuestro favorito, Green Lantern. Todd se iba a otro árbol porque andaba metido en las novelas de Stephen King.

Unos años antes, Todd le entraba también a nuestros juegos y aventuras. En uno de mis favoritos me imaginaba como miembro del cuerpo de la liga de los Linterna Verde. Encontré un anillo verde que usaba para convertirme en superhéroe. Me inventaba historias donde alguien estaría en peligro y yo saldría con mi anillo y diría el juramento de la Linterna Verde —"In brightest day, in blackest night, no evil shall escape my sight..."— para luego salir al auxilio de mis amigos: Todd, en papel de astronauta, en batalla contra un alien del planeta X del sistema Hydra; Lupe como reportera en peligro por una abeja gigante convertida así por unos pesticidas usados en los huertos; una familia —Todd y Lupe— en una lucha para evitar al Toro Martínez, un hombre malo que controlaba a los zombis, a los demonios y a la migra.

¡Eddie!, me gritaba Todd, ¡Ven, ayúdame! ¡Necesitamos trabajar juntos para vencer al barón Harkonnen!

¡Lalo!, me gritaba Lupe. ¡La abeja viene a atacarnos!

Años después, cuando veía cómo perdía a los dos, imaginaba que en algún lugar olvidado tenía mi anillo verde y que con él podría salvarlos. Pero ya era demasiado tarde.

A los quince años Lupe empezó a oír el llamado de las cholas. Y eso —como sabíamos ya por el ejemplo de Marissa, que ahora se llamaba La Candy— era más fuerte que el canto de las sirenas. Nos sentábamos en la colina del parque infantil y veía cómo empezaba a poner menos atención en los cómics y más al grupo de las cholas a la entrada del parque. Cerca de ellas estaban los cholos frente a sus carros. Obvio que eran mucho más interesantes que los superhéroes de los cómics, ya que sus disfraces no consistían en capas o mallas ajustadas. Llevaban ropa ancha, camisetas blancas demasiado grandes y planchadas. Las cholas se peinaban el cabello en penachos altos y mantenidos firmes por botes de hairspray; los cholos llevaban el pelo corto y se ataban pañuelos a la frente. En vez de nombres como Wonder Woman, Ant Man, Supergirl o Batman, llevaban nombres más cool: La Sleepy, El Tróbel, La Mousie, Sir Muecas, Giggles, Lil Puppet, Leidi Baga. Cosas así.

Luego entendí que aquellos cholos y cholas del valle central llevaban un estilo forjado en los barrios y las calles de ciudades como Los Ángeles y San José. Pero a mis quince años, y lejos de esas ciudades, no entendía eso: lo que veía era un grupo de jóvenes vestidos de una manera ridícula. A diferencia, Lupe veía un grupo de outsiders como ella. Me di cuenta de eso la tarde que llegué al parque infantil y la encontré sentada con las cholas. Me vio pero no me llamó. Sabía que no me interesaba formar parte de ese grupo.

De allí en adelante empezamos a vernos menos, hasta que empezó a salir con mi hermano después de su primer año en la universidad de Cornell; volvió ya no como el nerd de antes sino como un cholo. Dreamer, le llamaron.

Al ver a la chola de Lupe, se fijó en ella. Y ella se fijó en él. El Dreamer y la Shy Girl.

Hay una foto en algún álbum familiar. Quizá la única en donde están los dos de novios, ya que después de lo de Todd, mi jefa le echó toda la culpa a Lupe y prohibió que su nombre se mencionara en casa. Todd y Lupe, vestidos de cholos, tomados de la mano y en paseo por el parque. Él lleva pantalones kakis con tirantes negros y una camiseta blanca; en el cabello tiene atado un paliacate. Lupe, delgada, con el cabello largo y lacio cuidadosamente peinado, sobremaquillada, con pantalones negros y camiseta de tirantes. Los dos juntos en el atardecer. Juntos caminaban en el aura de su dicha, seguros de que nada ni nadie podría sacarlos de allí.

Lupe. No la había visto en más de diez años. Una tarde, al salir de mi clase sobre geografía cultural, la encontré sentada frente a mi despacho en la universidad. Tenía una maleta a su lado. Casi no la reconocí.

Me sonrió y me dijo: hey, Punk Rocker.

Hey, Shy Girl, le contesté.

Bajó la mirada y el cabello negro se le cayó a la cara.

Hace años que nadie me llama así.

A mí tampoco.

En el camino de Iowa City a West Liberty le dije que felizmente me buscó en la universidad, ya que no vivía en la ciudad desde hacía unos seis meses. Me compré una casa en West Liberty, un pueblo a unas quince millas de Iowa City. Me gustaba por ser pequeño y tener una comunidad mexicana bastante grande.

Suena a Orland, me contestó.

Ya verás.

Antes de llegar a la casa hicimos un recorrido por el pueblo. Le mostré la calle del downtown, con sus edificios de mediados del siglo veinte y su único cine. Pasamos al lado de la empacadora de embutidos y le comenté que me recordaba un poco a la fábrica de Musco que antes teníamos en Orland. Noté que en vez de terminar el pueblo en campos de maíz y huertos de naranja y aceitunas, mi pueblo terminaba en campos de maíz y soja. Lupe se maravilló, me llamó loco por haberme mudado a la versión Iowa del pueblo donde crecimos en California.

Mi casa está en una esquina cerca del centro. Tiene unas vitrinas grandes frente a la acera, no tiene yarda. Si te parece tienda, le expliqué cuando nos estacionamos, es porque lo era. Los ex dueños la convirtieron en casa y vivieron aquí unos diez años hasta que la compré.

Esto no lo encontramos en Orland, me contestó asombrada.

Más tarde, después de arreglarle la cama que tenía en mi despacho, salí al patio. Lupe descansaba. Miré pasar a los carros y me acordé de la última vez que la vi.

Era el quinto aniversario después de la muerte de Todd y volví a Orland para estar con mi familia. Acababa de mudarme a San Diego para empezar mis estudios de doctorado, luego de hacer mi maestría en Austin. Al principio no pensé en ir, para no faltar a clases en mi primer semestre. Fue mi hermana quien me convenció.

Eddie, necesitamos estar juntos para apoyar a mamá. No sé por qué, pero este año lo siente mucho más que antes, me rogó por teléfono. Me subí a un Greyhound en San Diego y me fui a Orland.

La primera noche decidí caminar por el pueblo. Al salir a la tarde fresca, pensé en mi curso sobre geografías de la migración y cómo mi propia familia estaba marcada por aquello. Mis jefes cruzaron la frontera unos meses antes de que naciera Todd. Vinieron porque mi jefe tenía unos tíos que vivían allí y le dijeron que le podrían conseguir un buen jale en Musco, la fábrica de aceitunas. Llegaron, según me contó mi jefa años después, en un Greyhound bus desde Calexico, en la frontera. Vinieron con poco, tres maletas y nada más. A poco más de un año de que naciera Todd, mi jefa —embarazada de mí— se regresó a México con una maleta, un hijo en pañales y la intención de nunca volver a cruzar la línea. En el norte se quedaba mi jefe alcoholizándose en las cantinas, y casi siempre regresaba a casa listo para pegarle a alguien. Mi jefa recibía los golpes sin decir nada. Pero fue la noche en que él pateó la cuna de Todd cuando ella decidió juntar sus cosas y escaparse. Mi abuelo, el jefe de mi jefe, los regresó después de amenazar a mi padre.

Todo esto me lo contó mi jefa una semana después del entierro de Todd. Mis hermanos estaban dentro de la casa y mi jefa y yo salimos al porche. Veíamos las torres de la fábrica de Musco ya cerrada porque la compañía mudó la empacadora a Tracy. En la casa tenía mi maleta para volver a New Hampshire. Sabía que mi jefa no quería que me fuera. A la vez ella sabía que lo tenía que hacer. Había rumores de que a nosotros, los hijos de los trabajadores mexicanos, no nos tocaba ir tan lejos. El ejemplo de Todd demostró que la Ivy League no era para nosotros, que tal vez deberíamos quedarnos más cerca de casa.

Y así fue. Daniel se fue para la universidad de Chico, a veinte millas de Orland. Hugo también. Esperanza, la Giggles, después de muchas discusiones con su jefe que no quería que estudiara pudo convencerle de tomar clases en el Community College. Un par de años después ella se fue a la universidad de Sacramento. Beto Fernández se fue a San José. Fidencio fue más lejos, a San Luis Obispo. Se llevó con él a los gemelos Tapia, Manuel y Samuel. Y, al finalizar sus años de estudios, casi todos volvieron a Orland y sus alrededores.

Lupe. Lupe no salió. Ella se quedó.

Pasé el edificio donde Lupe vivió después de que su padre la sacó de la casa. La corrió a los dieciocho y terminó alquilando un apartamento pequeño que a veces compartía con Todd, ya de regreso después de dos años en Cornell. De ser el joven estrella de su curso Todd terminó como el gángster de su universidad: las peores notas, las peores faltas y varios problemas más. También fue arrestado por pequeños atracos a gasolineras entre Ithaca y Syracuse. Me acuerdo de las llamadas telefónicas, mi madre tenía que ir a buscar a un bail bondsman para que pudiera sacar a Todd del bote. Antes que lo corrieran, decidió dejar la universidad y se regresó a California. Volvió a casa distinto. Más delgado. Más distante. En los ojos se le notaba que ya se estaba volviendo adicto.

Todd llegó la noche de mi graduación de la secundaria. Fui admitido a Dartmouth y mi jefa casi no me dejó aceptar. Fue Todd quien la convenció. Mi jefa nunca dejó de creer en él. Ella negaba ver lo que todos notábamos. Los cambios de ropa, de actitud, la energía nerviosa, las pausas, la mirada distante. Mamá negó que había cambiado. Que siempre fue callado. Que siempre fue solitario. Que siempre estuvo metido en su propio mundo.

De ser morrito creativo e introspectivo, ahora era más cerrado. La creatividad que tenía —le gustaba mucho dibujar y siempre hablaba de ser artista o escritor de cómic— se volvió más tenue, más diáfana. Muchas veces no podía seguir una conversación. Brincaba de tema en tema. Otras veces se quedaba callado, mudo, perdido en su silencio. Supongo que fue por eso que lo nombraron Dreamer.

Para mí siempre fue Todd.

Cuando pasé por el high school, me quedé un rato parado al lado del campo de fútbol. Allí era donde se hacían las graduaciones. Me senté en las gradas y me acordé de la noche de mi graduación siete años antes. Al terminar la ceremonia, Todd fue uno de los primeros en felicitarme. Se vino corriendo por entre la gente para darme un abrazo fuerte. Se notaba que había estado con los demás cholos, sus homeboys, en el parking lot. Antes de irse para Cornell, ellos veían a mi hermano como un nerd o un vendido que había rechazado a la raza por querer ser gringo. Cuando volvió a Orland en su cholo style, al completar su primer año de la universidad, le aceptaron como uno de ellos y le perdonaron todo.

Carnalito, mi carnalito, lo hiciste, lo hiciste, me decía mientras me abrazaba. I'm so proud of you, ese. Mi carnalito, no sabes lo proud que estoy de ti, cabrón.

Y para felicitarme me dio una bolsita de marihuana.

It's weak, ese, tengo algo mas potente allá con los homeboys. Pero tú no debes entrarle a eso, dijo.

Le sonreí y la puse en mi bolsa. Más tarde la boté a la basura. Luego se fue a felicitar a Lupe, que casi no pudo graduarse por sus notas. Fui yo quien la ayudó a terminar los cursos. Después los dos se fueron a seguir la fiesta con los amigos. No volví a ver a mi hermano hasta tres días después.

El verano antes de irme a New Hampshire, Todd y yo volvimos a compartir la habitación como antes. Al principio fue divertido porque me pasaba la noche escuchándolo contar sobre la universidad. Me dijo que había mucha gente racista en el campus, incluso los otros hispanos que venían de familias adineradas. Por ser el chico que salió de los campos, todos esperaban que él confirmara sus propios sentimientos de ser oprimidos por el sistema. Ellos, que nunca vivieron el racismo, querían que Todd lo representara para que también pudieran afirmar que conocían de cerca la marginalidad y la pobreza. Y después de varios meses, eso fue lo que hizo. Me lo imaginaba: el niño astronauta quitándose el casco para atarse un pañuelo a la cabeza y ponerse unos pantalones anchos y camiseta talla super large. Otro rol en una vida de roles.

Todd, el joven nerd con sueños de ser astronauta, ahora Dreamer, el cholo.

Lupe también pasaba mucho tiempo con nosotros en casa. Al principio ella venía por la tarde y los dos se desaparecían en la habitación. Me quedaba mirando la tele porque Todd me ponía una cara de no molestarles. Después empezó a meterla a la habitación por la noche. Dejaba la ventana abierta y ella llegaba como a la medianoche. Intentaba dormir en mi cama mientras los escuchaba cuchicheando bajo las sábanas. A veces se ponían a fumar porros al lado de la ventana. Todd sin camiseta y Lupe en bragas, bajo la luz de la luna.

Nunca le dije nada a mi jefa, pero estoy seguro de que ella sabía. No se le escapaba nada. Pero tampoco dijo nada. Lo que hizo fue convertir el garaje en habitación para Todd. No usó tanto esa habitación, ya que empezó a pasar más tiempo en el apartamento de Lupe. Un año después de que empecé en Dartmouth, Todd se fue a vivir a San Francisco con unos amigos. A los pocos meses terminó en las calles.

Una tarde, cuando todavía compartíamos habitación, escuché a Todd decirle a Lupe que lo que más le gustaba de ella era su cabello. Decía que le encantaba meter las manos en él, le gustaba perderse en ese pelo.

Después de pasear por el high school caminé por el parque que quedaba al lado. El parque infantil estaba allí y me acordé de la noche en casa que vi Close Encounters of the

Third Kind. Todd me lo había enviado desde Cornell. Era una de sus pelis favoritas. Luego de verla quise ir a la colina que estaba en el centro del parque. Debajo había una serie de túneles donde Todd, Lupe y yo en otra época, jugábamos. A veces Todd y yo pretendíamos que éramos guerreros buscando el enemigo en su base secreta dentro de un volcán. Otras veces nos imaginábamos astronautas incomunicados en un planeta extraño, como en la película de Robinson Crusoe on Mars o en la serie televisiva de Lost in Space. Algunas veces Lupe se unía. Después de leer la versión cómic de The Time Machine, Todd nos convenció de que los tres éramos viajeros en el tiempo y que nos habíamos perdido en una época que no era la nuestra. Ya cansados después de corretear por allí, nos tiramos en la cumbre de la colina para mirar a las nubes.

Ya mayores nos gustaba ir de noche para hablar o contar historias. Llegué al parque en mi bicicleta, la cabeza llena de ovnis y aliens y me subí a la colina. Escudriñaba las estrellas para averiguar cuál de ellas podría ser un UFO o nave espacial cuando Lupe me sacó de mi búsqueda.

Lalo, ¿qué onda? Me miró y se sentó a mi lado. Tenía poco tiempo en su look de chola y me confesaba que no estaba segura si le gustaba vestirse así. Llevaba pantalones anchos y una camiseta de tirantes. Yo llevaba una camiseta que un primo loco de Los Ángeles me mandó, era de una banda punk, The Bags. Mi primo estaba muy metido en la onda punk y me había mandado camisetas y casetes de música de bandas como The Zeros, The Bags, X y the Plugz.

Veo que tú y yo estamos cambiando de look, me dijo. Te voy a llamar Punk Rocker.

Me reí y le contesté: buen nombre. Eso es lo que Giggles le dice a Xavi. Pero bueno, acepto. Tú también has cambiado. Pronto creo que ni tú ni yo nos reconoceremos.

Nos sentamos allí un rato. Finalmente me dijo que sus amigas querían darle un nombre nuevo. Algo para el gang. Le querían poner la Sad Eyes. A mí me pareció un poco dramático. Le miré el cabello y cómo le cubría la mitad de la cara.

¿Por qué no Shy Girl?, le sugerí.

Lo pensó un rato. La Shy Girl. Y miró hacia arriba, a las estrellas. No me parece mal.

Después de otro rato se paró, me miró fijamente y se despidió. Volví a mirar las estrellas y pensar en las naves espaciales.

A la entrada del parque infantil me acordé del funeral. Vinieron muchos de la comunidad. Por una parte llegaron por respeto a mi jefa. También sabía que la mayoría vino por el chisme. Mis tías, que nunca se habían preocupado por nosotros —sobre todo cuando mi madre necesitaba dinero— llegaron llorando la muerte de Todd. Los maestros de la escuela vinieron a dar el pésame. Miraba a la gente y pensaba en lo que me había contado Todd en esas semanas que volvimos a ser roommates. La gente siempre quería que se confirmara cualquier idea que uno tenía sobre el otro. Para algunos mi hermano era el tecato típico que merecía todo lo que recibió, para otros era el niño estrella que se extravió, para su gang era un hermano perdido en la batalla, para mi mamá era el hijo mayor a quien le tocaba sacar la familia adelante y que cayó en el intento.

La única persona de la comunidad que no vino fue Lupe. Después supe que mi jefa prohibió que se acercara.

Lupe tuvo que despedirse de mi hermano en privado. A la vez me dijo que tampoco le importó tanto: se metió tantas drogas antes del funeral que perdió el sentido del tiempo y así sintió que tenía a Todd a su lado.

La luna estaba llena y grande cuando llegué al parque infantil esa noche. Fue allí donde la encontré. Lupe, sentada encima de la colina. Miraba hacia arriba, a las estrellas. Me quedé un rato parado bajo un pino. Luego me fui a casa sin llamarle.

No volví a verla hasta esa tarde que la encontré en la universidad. A través de los amigos, supe que desde la muerte de Todd cayó más en las drogas. No tocó fondo sino hasta un par de años después, cuando terminó como él, homeless en las calles de San Francisco. Me contó cómo se despertó una mañana en un callejón cerca de City Hall y decidió que ya, ya no quería eso. Ya no quería esa vida. Salió del callejón y se regresó a casa. Le tomó mucho tiempo quedar limpia y recuperarse.

Consiguió mi dirección gracias a una de mis hermanas. Se encontraron una tarde en Big John's y se pusieron a hablar. Caminaron un rato por el centro hasta que Lupe tuvo el valor de pedirle mis datos. A las pocas semanas se subió a un Greyhound.

Unos días después de llegar me contó que el viaje desde California le tomó casi una semana, sobre todo porque cada vez que tenía que cambiar de bus —en Sacramento, Reno, Salt Lake City, Denver y Omaha— dudaba si seguir o no hacia Iowa City. No estaba segura de si la dejaría pasar a mi casa o si ese deseo de verme fuera tan bueno.

Me alegré de ver a Lupe de nuevo, aunque tampoco sabía qué pensar de su visita. Hacía tiempo que no pensaba en ella o en Todd. Mi hermano ya había dejado de aparecerse en mis sueños. Casi nunca recordaba nuestra última conversación, cuando me llamó desde San Francisco. Era una noche de invierno e intentaba escribir un paper para una de mis las clases en Dartmouth cuando sonó el teléfono. Todd. Quería contarme de su intento de buscar a nuestro padre. Sentía la distancia en su voz, las pausas raras y las palabras que terminaban en suspiros. La conexión también era pésima y las pausas y silencios se llenaban con un metálico ruido blanco. Sonaba como que llamaba desde Marte o algún otro planeta más distante. Por muchos años despertaba en la madrugada con el eco de ese ruido blanco. Una señal que venía desde los outer limits, parecía.

En los días que estuvimos juntos, Lupe me contó de su vida en los últimos años, de sus esfuerzos para retomar el hilo de una vida que sentía que se desenredó. También habló de nuestra juventud, cuando correteábamos por los campos y los huertos; de las tardes en que nos sentábamos en la colina para leer cómics o mirar al cielo. Aunque sentía que estaba entre nosotros, Todd nunca fue mencionado hasta esa noche que fuimos a la taberna de Sutliff, al lado del río Cedar.

Sentados en el puente antiguo que cruza el río, me contó de esa mañana cuando despertó en el callejón.

No me lo vas a creer, dijo. Vi a Todd esa mañana. Pero lo vi doble. Al final del callejón estaba como cuando regresó de Cornell. Cholo y yonqui style. No era el Todd que se vestía como un diamante, que cuidaba el estilo, no era el bato con quien caminaba por el parque y me sentía, no sé, reina o algo. No. Era el Todd de poco antes de la sobredosis. Flaco flaco. Con los ojos hundidos. Al otro final del callejón, estaba allí también. Pero no en su look cholo. Estaba vestido como cuando éramos niños. O sea, normal para el pueblo.

Creo que incluso llevaba una camiseta de Flash Gordon o Star Wars. Lo primero que pensé fue que el loco se había vuelto time traveler de verdad y que de alguna manera dos versiones de él se encontraron en el mismo tiempo. Freaky, ¿verdad? Me paré junto a un muro y miraba a los dos. En ese momento entendí que tenía que tomar una decisión.

No le respondí. Miré arriba. Es verdad, dije, una de las cosas que más me gustaba de vivir en Iowa era que me recordaba al Orland de nuestra juventud. Tanto cielo. Tanto campo abierto. Tantas estrellas.

Lupe miró arriba. Luego preguntó: ¿por qué no me llamaste esa noche que estaba en la colina? Te esperaba y supe cuando llegaste. Pero no dijiste nada.

No supe qué contestar. A nuestra derecha se oían las risas de la gente. Afuera, a un lado del puente, los carros estacionados.

Lupe volvió a hablar. ¿Te acuerdas de cuando jugábamos los tres en los túneles? ¿Los juegos en los que Todd nos hacía pretender que éramos viajeros en el tiempo o astronautas extraviados? A Todd siempre le gustaba mirar a las estrellas, incluso cuando estábamos más perdidos. Nunca dejó de pensar que era un astronauta extraviado. Missing. Así se imaginaba. Y a nosotros nos tocaba buscarlo.

Todavía, le contesté.

Paracetamol

Finales de diciembre y aquí estamos en Chicago. Los Outer Territories de Aztlán. Ja. Un día helado. Heladísimo. Desde este piso del hotel, veo un río cubierto de hielo. Allá abajo, a veintidós pisos. Qué cabrón. Hay gente caminando por la avenida Michigan, rumbo al Million Dollar Avenue para hacer compras. La gente intenta esconderse del frío, pero quieren llegar a hacer sus compras. En la distancia veo columnas de vapor que salen de algunos edificios al otro lado del río.

Preferiría no tener que mirar todo esto. Me congela.

Pero luego pedí una room with a view, ¿verdad?

Te voy a contar algo que me pasó hace años, cuando era estudiante en Chico State. Allá en el norte de California. Te cuento de la vez que me encontré con mi padre en el mall. North Valley Plaza, the old mall. Era por esta época, fin de año. Había dejado de pensar mucho en mi jefe. De él solo quedaban unos recuerdos vagos, unas fotos borrosas encerradas en un baúl, algunos comentarios que de vez en cuando salían por boca de algún tío o tía.

North Valley Plaza. Como mall dejaba mucho que desear. Pero de niño, era el único sitio. Se volvió casi un rito. Los jefes nos subían al carro y para Chico nos íbamos. A veces después del mall nos llevaban al cine. Ese cine de Chico ya no está. Lo tumbaron y construyeron un parking lot. Es verdad, no puedes volver a tu pasado, pero te puedes estacionar allí. El cine. En su momento era el ground zero para la comunidad mexicana. Antes de la función ponían algún noticiero con lo que estaba pasando en México y en América Latina. También había un presentador que hacía pequeños concursos durante el intermedio de la película. Mi hermana y yo la pasábamos corriendo por el pasillo. Una vez nos subimos al escenario en plena función y empezamos a jugar con nuestras sombras gigantescas proyectadas en la pantalla.

Después íbamos a comer y luego papá conducía a casa, nosotros dormidos tras un día largo en el mall y luego en el cine. El mall. Pasamos mucho tiempo allí. Recuerdo cuando fuimos a Montgomery Ward, uno de los grandes almacenes, para ver pintura. Mis jefes acababan de comprar una casa y mi jefa la estaba decorando. Me mostró un azul claro, casi verde, y me preguntó si me gustaría para mi habitación. En esa época mi color favorito era el rojo, pero a mis seis años sabía que no era color para un boy. Opté por el azul. La habitación de mi hermana era un color rosa pastel. Desde entonces ni a ella ni a mí nos gustan el azul claro ni el rosa pastel.

Todo eso fue antes del divorcio y del cáncer de mi hermana.

En esa época empezaron mis dolores de cabeza. No eran migrañas, no completamente. Pero sí eran dolorosos. Nunca le dije a nadie la magnitud. Con lo que veía en casa —la jefa abriendo facturas para los gastos del hospital, las quejas a ella de mis hermanos que querían venir a vivir con nosotros, los sollozos de ella en la noche cuando pensaba que estaba dormido— o lo que veía en el hospital, pensé que mis dolores de cabeza no eran nada en comparación.

Fue también en esa época cuando empecé a encerrarme, endurecerme. Con todo lo que veía en casa y en el hospital no sabía como procesarlo todo. Ya no quería sentir todo eso. Mi sistema estaba en overload. No quería sentir nada. Encontré que la única manera era matar mis feelings. Entumecerme.

A veces las cosas de la vida llevan a soluciones drásticas.

El divorcio de mis jefes, seguido por el cáncer de mi hermana, costó mucho a mi madre. Incluso hubo un par de años en que mis hermanos y yo tuvimos que ser divididos entre la familia para que ella se pudiera dedicar a estar al lado de mi hermana en el hospital.

Quizá si mi jefe no hubiera vendido la casa, mandándonos a la calle en el proceso, quizá podríamos habernos quedado juntos. Pero claro, él dictaminó los términos del divorcio: le dijo que ella se podría quedarse con nosotros y él se quedaría con todo lo demás. Luego añadió: si quieres algo más, te quitaré hasta los niños.

Mi jefa no supo qué hacer. Estaba convencida de que mi padre, con sus contactos en la corte, podría ganar cualquier batalla legal.

Tuvo que aceptar la oferta. O nosotros y nada más, o perderlo todo.

Sin casa, con una hija enferma y la falta de dinero, tuvo que tomar la decisión de mandarnos a vivir con varios familiares, mientras que ella tuvo que mudarse cerca del hospital donde trataban a mi hermana.

Mi hermano y mi hermana menor se fueron con una tía en Orland, donde vivíamos. Mi hermana se fue al hospital de Stanford. Mi jefa consiguió un trabajo en una fábrica de computadoras en Silicon Valley.

Fui el último en conseguir una casa, como que las palabras que la madre de mi jefe impuso sobre mí me marcaron con una maldición. En una fiesta en casa ella se paró y sentenció, apuntándome: todo fue tu culpa. Eso fue todo. Como el hijo mayor, entendía qué quería decir. Arruiné mi padre al nacer.

Mis tíos no querían que me quedara con ellos. ¿Qué iban a hacer con un sobrino maldito? ¿Un sobrino que algunos pensaban era retardado, o al borde de la locura? No, mejor llevar el hijo marcado por la maldición a otro sitio, a otra familia.

Lejos.

Lejos para que la ola maldita no les hundiera.

Terminé viviendo con unos tíos en Calexico. Aceptaron porque mi jefa les prometió que les pagaría por cuidarme.

Toda una tragedia esa época.

Viví seis meses con mi madre en un apartamento en Mountain View. Al cruzar la calle estaba la escuela donde asistí un semestre. Todo parecía perfecto. Lo único es que el complejo de apartamentos donde vivíamos no aceptaba niños. El gerente aceptó hacer una excepción en el caso de mi hermana, porque iba a pasar la mayor parte del tiempo en el hospital. Como no pudo encontrarme una casa en Orland, tuve que vivir clandestinamente.

Durante cuatro meses salí en cuclillas a la calle para irme a la escuela. Después tenía que volver con cautela para encerrarme en la habitación. Mi jefa trabajaba hasta tarde y luego se iba al hospital. Volvía por la noche para preparar la cena. Me pasaba las tardes después de la escuela leyendo cómics o inventando historias. En unas era un explorador en busca de un tesoro escondido en la sierra. En otras era un guerrero Jedi luchando contra el imperio. En otras era un secret agent estilo James Bond en constante batalla contra el Dr. No y sus planes nefastos.

En la mayoría de mis historias era un prisionero en una torre de un castillo en una isla pequeña en el centro del mar. Estaba custodiado por un ogro carcelero y cada aventura era una variante de hacer llegar un mensaje a mi hermana, custodiada en otro castillo lejos de donde me encontraba.

A veces después de la escuela me tocaba mi sesión con Mrs. Parsons, la psicóloga de la escuela. Me mostraba fotos y me pedía que contara lo que ocurría en ellas. Eso me divirtió. Lo de contar.

Me mostró una foto de unos niños sentados en una mesa. Una madre sonriente a punto de servirles la cena. Mrs. Parsons me preguntó por el padre. Dije que estaba de viaje de negocios y que estaba contento porque sabía que su familia estaba feliz. Lo que no le dije a la psicóloga era que dentro de mí pensaba que el jefe no estaba porque estaba en la cantina con sus amigos y su novia. Los niños y la madre estaban contentos porque el jefe no estaba allí para gritar o golpear a la jefa.

Me acuerdo de una noche en que volvió el jefe borracho y nos mandó a todos a nuestras habitaciones. Luego se lanzó contra mi jefa con un juguete de mi hermana la menor. Mi hermana intentó pararlo. Yo me quedé en mi habitación con mi hermano, abrazándolo y cantándole una canción. Cuando terminó, el jefe se fue de la casa. Yo estaba parado en la puerta de mi cuarto. Me miró y sonrió antes de salir. Tú tuviste la culpa, me dijo su mirada. Me fui donde la jefa y antes de entrar vi una mancha de sangre en la pared.

Ayudé a mi madre a llamar a la policía por la última vez. Luego salí de casa en mi bicicleta cargando el juguete ensangrentado.

Los fines de semana me quedaba en el hospital con mi hermana. Las enfermeras eran muy simpáticas y me pusieron un catre a su lado. Las habitaciones eran para seis niños. La segunda vez que me quedé con ella, conocí a los padres de Trina, una niña de tres años con leucemia. En otra cama estaba Henry, un chico de catorce que tenía hemofilia. También estaba Lisa, otra chica con leucemia, que luego fue la gran amiga de mi hermana. Tim era hijo de un astronauta y tenía un cáncer muy raro, pasaba mucho tiempo en la sección de medicina experimental. Finalmente estaba Juliet, una chica que fue operada en la misma semana que mi hermana. A ella también le amputaron la pierna. Tenía pelo largo, pero ya se le empezaba a caer, y hubo varias noches en que la oí llorando por el pelo perdido.

Aun con la tristeza que lo rodeaba —los niños que morían en la noche o que simplemente desaparecían, los medicamentos que la dejaban agotada y sin fuerzas para alzar el brazo, las muestras de sangre que le pedían—, mi hermana mantuvo su típico buen sentido de humor. Pero yo sabía que le aterrorizaba todo que la rodeaba. Muchas noches me pidió que le contara algún cuento. Empecé a contarle lo que había leído en los cómics, o la trama de alguna peli que vi en la tele. Pero luego le empecé a contar las historias que hacía en el apartamento: aventuras de ciencia ficción, de espías, de piratas.

Cuando me venían los dolores de cabeza, aguantaba todo lo que podía. No me quería quejar. Me acostaba en el catre y me cubría la cara con una almohada. Fue una de las enfermeras, Joy, quien se dio cuenta de que sufría y empezó a darme Paracetamol para el dolor. Me tumbaba al lado de mi hermana y miraba por la ventana hacia fuera. Sentía como el dolor fluía y disminuía, sentía como salía por detrás de la cabeza y pasaba por la almohada, el colchón del catre donde dormía y se disipaba en el aire. Paracetamol para la cura. Paracetamol para el alma.

Desde entonces siempre llevo Paracetamol conmigo.

A los seis meses ya era too much. El gerente del complejo de apartamentos me agarró un par de veces y a mi jefa se le terminaban las excusas por mi presencia. En navidad pudo convencer a su hermano mayor que fuera a vivir con él. Lo tuvo que sobornar.

No quise dejar a mi hermana, pero no había otra alternativa. Pasé casi un año viviendo con mis tíos hasta que mi jefa pudo conseguir otro médico para mi hermana en San Diego. Y unos meses después, casi dos años desde que nos tuvo que separar, mi jefa pudo reunir a sus hijos bajo el mismo techo. Vivíamos en Calexico para estar cerca de la familia y porque teníamos una casa allí. Una vez al mes, mi jefa y mi hermana se iban a San Diego para citas médicas.

Un año después, con mi hermana ya fuera de peligro, nos mudamos de nuevo a Orland. Aunque la familia de mi jefe vivía allí, mi jefa todavía sentía una conexión con el pueblo. Así que volvimos al pueblo donde crecí y esos tres años que vivimos a la deriva se volvieron como un paréntesis en la vida. Un blip. Un momento de esos que todos intentamos olvidar.

No sé por qué te estoy contando todo esto. Contexto, quizá. El hecho de que estemos aquí, en esta habitación de hotel, a veintidós pisos encima de la avenida Michigan en Chicago, quizá. Quizá porque estoy en plan confesión. Quizá porque mi ex mujer siempre se quejaba de que nunca me gustaba hablar tanto, de que siempre le parecía distante.

Aunque el mall estaba en clara decadencia, todavía iba de vez en cuando. Por lo del pasado. Como no tenía carro, me iba en la bici, que estacionaba cerca de la entrada que estaba al lado de Montgomery Ward. No me di cuenta hasta después de que mi ruta por el mall seguía los mismos pasos que los de mis jefes. Entrábamos por la puerta al lado de Montgomery Ward y luego pasamos al mall y sus tiendas.

La única diferencia fue que cuando iba de estudiante no pasaba a las tiendas. Más que nada iba a caminar. Casi siempre iba cuando sentía que empezaría un dolor de cabeza y, no sé, el mall me calmaba. Es el único mall por donde he pasado que he sentido algo similar. Caminar por entre la poca gente, mirar las vitrinas, sentarme en un banco y mirar a la gente en su búsqueda de ofertas, me ayudaba a bajar los efectos del dolor. Sobre todo si por alguna razón no me quedaba Paracetamol.

Era un día como éste, nublado. El día que me encontré con el jefe. Allí en el mall. Le encontré frente a la tienda de Hickory Farms, esa tienda que vende quesos, salchichas ahumadas y otros embutidos. Mi padre estaba frente a las salchichas. No lo había visto en seis años. Desde la vez, meses después de esa noche, cuando vino a vernos sacar nuestras pertenencias de la casa. Supuse que no vino para despedirse sino para asegurar que mi jefa no se llevara más de lo que se había especificado por los términos del divorcio. No nos habló, solo hablaba con mi madre. Antes de irse, le dijo: algún día de estos te veré viviendo en la calle con esos chamacos mugrosos que tienes. Y ese día seré feliz.

Después, se subió a su carro recién arreglado y se fue. Tuve ganas de lanzarle una piedra. Pero el valor que tuve esa noche ya no lo tenía: había vuelto a mi carácter tímido.

Pensé evitarlo, caminar por otro lado del mall, bajar la cabeza al cruzar. Decidí acercarme y le dije: hi, dad.

Sin sorprenderse, dio la vuelta y me miró unos segundos antes de preguntarme: what are you doing here?

Lo miré y contesté en español:

Nada.

That's good, me contestó, y siguió mirando a las salchichas.

Por un rato no me dijo nada, como esperando que me fuera. Daba por concluido nuestro encuentro.

Me quedé parado allí, aunque ya me empezaba a doler la cabeza. Había una farmacia cerca y sabía que podría comprarme por lo menos Ibuprofeno, que para esa época me hacía mejor efecto. Decidí quedarme plantado frente a él. A ver qué hacía.

Finalmente suspiró hondo. Me invitó que nos sentáramos en unas bancas frente al Hickory Farms. Al acomodarse se empezó a quejar del trabajo y de los dueños de la fábrica. No le importaba si yo conocía de quien hablaba. Lo suyo era una larga letanía de quejas.

Mi jefa me dijo una vez que al principio el jefe siempre al volver del trabajo se ponía a quejar. Y si se sentía menospreciado por algo —si algún colega recibió un ascenso, si alguien le hizo un comentario o un reproche, si escuchaba un comentario que percibía como racista— se iba a casa para quejarse. Como esperando que mi madre pudiera solucionar todo. Pero luego pareció descubrir que la solución era la cantina. No sé si es excusa.

Algunos dicen que debería haber sido yo quien sufriese el cáncer. Que como fui yo quien arruinó al jefe me tocaba la maldición. No fue así. A mi hermana le tocó perder la pierna: a mí me tocó la culpa.

El encuentro con mi jefe no fue el gran showdown que uno esperaría. Se quejó del trabajo, de las horas pesadas, de los gerentes. Quejas que uno haría a cualquiera que se encontrara por la calle. Finalmente me preguntó qué hacía y le contesté que estaba terminando la carrera en la universidad.

Me miró como por primera vez y luego me reprochó: why are you wasting your time? Y sin pensarlo, dijo: ponte a trabajar.

Esa noche, al salir de casa, encontré a mi jefe en su cantina preferida. Claro. Se fue allí justo después. No entré. Me quedé parado enfrente de la puerta, sin saber qué hacer. Su carro estaba estacionado al cruzar la calle. No quise cruzar el umbral, entrar a la cantina. Ya a los catorce años sabía que no quería ser como mi padre. Pensé que entrar a ese lugar me convertiría en alguien como él.

Me lancé contra su carro. Con una piedra rayé la pintura. Con una más grande rompí el cristal. Dejé el juguete de mi hermana en el asiento de enfrente. Cuando terminé escuché que llegaban sirenas. Me subí a la bici y me fui.

No hablamos del pasado. No me preguntó por la familia, mi madre, mis hermanos. No dijo nada sobre el carro. Llegó su hija y me miró un rato antes de decirme:

I know you. You're my brother.

Y luego tomó la mano del jefe. Nos despedimos sin afecto. Los dos se fueron caminando hacia la salida. Noté que mi padre cojeaba un poco. Había envejecido.

En el Lost 'n' Found

Me ahogan los murmullos

Albuquerque. Martes. Dos años después. Suena el teléfono en mi casa. Estoy a punto de no contestar. Todavía sigo afectado por la muerte de mi gata, Kristeva. Fue mi relación más estable y su muerte me hizo pensar que la única esperanza de algún día tener una relación que no terminara en gritos, destrucción y una mudanza de un país a otro, también pereció.

Era el Luisalberto.

Bato, Xavi, ya todo se acabó. Me dice.

El Luisum ya no está. El Revueltas ya no está. El Fede ya no está.

El Róber se encerró en su chante. El Ed está en otra onda en Rosarito. El Art ya tiene tiempo que no pasa por acá.

Veo en mi escritorio el libro que me regaló el Revueltas antes de irnos del chante del Róber, dos años antes. Entrégate al Hardware, se publicó poco después de que el Revueltas salió de la cárcel. Fue publicado por una editorial cartonera que usaba materiales reciclados. Consistía de tres cuentos. El primero, "Señales captadas desde Tralfamadore", era el más extenso y era el diario de un preso en una penitenciaria afuera de Tijuana en la Rumorosa. El relato empieza: "siento que debo contar la verdad a todos, pero todavía no es el momento". El segundo, "Where have you gone, ¿corazón de la noche?" cuenta de un tipo que camina por la avenida Revolución. Todos piensan que es un loco porque se habla a sí mismo. Pero resulta que carga con él a un grupo de fantasmas que nunca lo dejan en paz. Comienza el texto: "me ahogan los murmullos". El tercero, "Reflexiones norteñas en una noche sin fin", trataba de un bato que recorría la línea desde la playa hasta llegar al centro de Tijuana. En su trayecto se encuentra a otros como él, gente que se buscaba en la línea, gente que se preguntaba si era verdad que el otro lado era mejor, gente que miraba por los pequeños huecos en el muro para comprobar. Gente que no se daba cuenta de que a ellos les tocaba nada más que recorrer, vagar, ser fantasmas de la línea, vivir una muerte eterna. Comienza: "estas son algunas reflexiones en una noche sin fin: señales captadas en el corazón de una noche en Tijuana".

Ya nada es igual, bato. Me dice el Luisalberto en el teléfono, la voz cortada por ruido blanco en la línea.

6:30 am. Tijuana. Dos años antes. Domingo. La línea.

Parado aquí en la colina de la meseta que baja a la playa, veo el muro a mi derecha. La meseta consiste en una valla de alambre, separada por unos obeliscos blancos: los marcadores antiguos de la frontera. Son, de alguna manera, símbolos elegantes de una línea que no simplemente dividía sino que también juntaba a los dos países. Al bajar por la meseta, la valla está hecha de láminas de metal oxidada. Chatarra, residuos de una guerra lejos de aquí. En la playa cambia de nuevo: ahora es de una varas de metal oxidada, de unos quince metros de altura; están puestas de tal manera que vistas de frente se puede ver el otro lado, pero desde otro ángulo se convierte en un muro cerrado, una pared lisa que entra al mar.

¿Te acuerdas del muro antiguo?, me pregunta el Rafas.

Antes era totalmente de láminas de metal oxidada; me acuerdo que no se veía el otro saite, le contesto.

Ese muro era mejor. Nos mostraba que todo era chatarra, representaba nuestra realidad remixed, reciclada, estratificada por políticas binacionales. Nos dejaba ver que las fronteras en verdad son cicatrices sobre la tierra.

El sol de la mañana está por aparecerse por detrás de las montañas, pero ya la cúpula del cielo se abre para cortar la noche y la brisa. El Rafas y yo estamos parados en la colina, con el muro a un lado y el mar frente a nosotros.

El Rafas me señala una parte del muro.

Fue allí donde encontraron el cuerpo del Julián. Me dice.

6:15 pm. Sábado. La garita de San Ysidro

El Rafas me recoge en San Diego y de allí nos vamos directo a la línea. Mientras esperamos en la fila para cruzar a Tijuana, miro a la gente que cruza el puente. Veo a un chico que se para y mete los dedos entre la alambrada. Dos guardianes salen para quitarlo de allí. Veo a otros guardianes que corretean a un señor. Antes de llegar a la garita, veo que hay una pareja separada por la reja, tomados de la mano. Ella está del lado de San Ysidro y él del lado de Tijuana. Detrás de él toca un dúo norteño. Los ritmos del bajo sexto y el acordeón se pierden entre el ruido de carros, cláxones y vendedores ambulantes.

Todo el horror y la belleza de la línea, bato. Me comenta el Rafas. Just another beautiful day en la border.

9 pm. Sábado. El Lugar del Nopal

Al salir de la presentación le pregunto al Rafas que qué onda con ese bato al que llaman el Revueltas. Me cuenta que el bato fue activista estudiantil y de allí le pusieron el apodo. El Revueltas siempre intentaba incitar a sus colegas a protestar para cualquier cosa. Se unía también con activistas chicanos de San Diego, en particular con un poeta, Julián Herrera. Los dos eran bien cuates, tight, you know? Siempre andaban juntos. Daban talleres de creación literaria en los barrios marginados. También participaban en muchos mítines. Si no estaban protestando algo, se les encontraba allá en las cantinas de la zona norte, El Fracaso, el Zacazonapan, Adelita's, o Las Charritas. A veces iban por la Revu para pistear en La Estrella. Hay una foto muy buena de los dos que salió en la revista Esquina Baja. Están en una carreta en la Revu con el típico Zonkey, el burro pintado a rayas, al frente.

Lo que le pasó a Julián fue muy fuerte para toda la Raza, me dice. En particular para Revueltas. Cuando salió del tambo, dejó de hablar. Ahora muchos de los jóvenes lo ven como un loco, ese bato que siempre está en todas las presentaciones culturales. Ese bato que siempre está allí con una libreta, pero nunca dice nada. Como que ya dejó de creer en revolución o en cambio social. Como que lo que sufrió en el bote lo mató y ahora vive una vida sin vida. Solo mira todo sin opinar.

10:30 pm. Sábado. Playas de Tijuana. Casa del Róber

Reventón en el cantón del Róber. Gran borlo en su chante. Allí está la Raza. Allí está el Luisum, quitando y poniendo discos en su rol de DJ. Allí está el Fede, en el sofá con la Yael. Allí está el Ed, pisteando en la mesa del comedor con el Róber y el Luisalberto.

Allí está el Rafas, con su sonrisa de siempre, observando todo. Apunta cosas en su libreta. Son postales, me explica después. Postales de la Tijuana nightlife.

Allí está Ximena. No pensaba que la vería. Pero allí está. Al verla juré que el tocadiscos hizo un salto. Me saludó como si nada hubiera pasado. Como si todos esos viajes que hicimos juntos no significaran nada. Como si todas esas palabras que dijo antes de dejar nuestra casa fueran cosa de otra vida. Asunto de los vecinos, tal vez.

Intenté disimular también. Me miraba detrás de sus gafas gruesas —amo a las chicas con gafas— de color turquesa. Me preguntó por Kristeva, la gatita que me dejó. Parecía que me retaba a perdonarla, a convencerla de que empezáramos de nuevo.

Pero no iba a caer.

Aún guardo las cicatrices de la última vez.

Estoy en el patio con el Revueltas. El bato no dice nada. Nunca dice nada. Así es el bato. Llega el Arturo, Chicano Art, le dicen, con unas caguamas para saludarlo.

2:30 am. Domingo. Bar Zacazonapan

Rafas baja su mirada a su refresco. Ese bato siempre está en todos los eventos, en todas las fiestas, en todos los bares, pero nunca toma nada. Siempre pide un refresco.

Mira su vaso y luego me contesta: fue la chota, man, the fuzz, the po-po. La jura. La repre.

Salían el Revueltas y el Julian de su taller en el barrio de las granjas familiares cuando cayó la chota. En camino al carro distribuían panfletos para una protesta contra la expropiación de unos terrenos en la zona Río. Fueron desaparecidos por casi un mes. Al principio la poli negaba que los tenían en custodia. Luego dijeron que sí los tenían, y como eran sospechosos en una serie de ataques contra vendedores ambulantes, estaban en custodia mientras proseguía la investigación. El Revueltas salió primero. Apareció tirado en la calle frente al Jai Alai. Cuando desapareció el bato se veía joven, fuerte. Al salir, tenía el pelo blanco y se veía envejecido, gastado. Ni hablaba. De Julián, nada. Una semana después encontraron su cuerpo medio metido en el muro, como si intentara cruzar pero que se quedó atrapado en la línea. El cuerpo mostraba evidencia de tortura, la cara estaba mitad hundida y casi ni tenía dientes. Tomó unos días identificarlo.

La historia oficial fue que salió libre el mismo día que el Revueltas, pero que el bato en vez de regresarse al otro lado, fue secuestrado por una banda de narcos que lo golpearon, lo torturaron, lo mataron y lo tiraron allí en el muro.

4 am. Domingo. Adelita Bar

Me paro frente al espejo del baño. Estoy medio despeinado y tengo la cara roja. Mi chaqueta está arrugada. Me veo agotado y necesito un espacio privado para olvidarme de la noche. Too many beers, ése, pienso. Saco de la chaqueta el libro que me regaló el Revueltas. Miro la dedicatoria. Lo cierro y lo vuelvo a guardar. Me doy un par de cachetadas para quitarme la cara de borracho pendejo, paso una mano por el pelo y luego salgo al bar. La música tecno sigue en alto. Dos chicas bailan lentamente en la tarima bajo una luz roja. Vuelvo a la mesa donde están el Rafas y el Chicano Art metidos en la misma conversación de cuando estuvimos en el Zacazonapan. Me siento y los dos me miran. Alguien me ha traído otra botella de Tecate. Art alza su cerveza, el Rafas levanta su vaso de Sprite y yo los sigo.

¿A qué brindamos? Pregunto.

A Julián, me contestan en unísono.

7 am. Domingo. Playas de Tijuana

Bajamos la colina hacia la playa y nos acercamos al muro. Rafas me cuenta cómo cada mañana camina por allí. Va desde su apartamento hasta el muro, luego regresa. Nos paramos frente a la línea y empiezo a mirar por entre los postes. Hay otra valla a poca distancia. Un alambrado por si acaso a alguien se le ocurra pasar por entre las varas.

Una vez bajé a la playa con Luisalberto para ver unos letreros que estaban colgados en el muro. Los letreros tenían los nombres de todos los que habían muerto en la cruzada desde el comienzo de la Operación Gatekeeper. Al lado de cada nombre estaba la edad y el lugar de procedencia. Los nombres de los niños me impactaron. Contemplamos la lista de los muertos de la línea uno por uno.

Luisalberto acercó la oreja a uno de los letreros. Escucha, bato, escucha. Hasta los puedo oír, los nombres de toda esa gente. Toda esa gente que fue atrapada por la línea.

Fue un chiste macabro y muy malo, me dice Rafas. Habla del Julián. Como se decía que el bato se identificaba como mitad mitad —el Mr Half and Half firmaba a veces sus poemarios—, lo colgaron justo en el muro, para que la frontera le atravesara. Horrible. No hubo protesta del gobierno gringo. Se aceptó la historia oficial y el bato fue rechazado por su propio país. La raza de allá sí se puso a protestar, incluso algunos también de este lado. Pero nada.

Después de poco tiempo, quedó olvidado el bato. Otra historia del border que nadie quería recordar.

Albuquerque. Martes. Dos años después

El Luisum ya no está. El Revueltas ya no está. El Fede ya no está.

Ya nada es igual. Me vuelve a decir el Luisalberto.

Y el Rafas, el pinche Rafas también se nos fue, bato. Él, que era nuestro cronista de la ciudad. Y lo peor fue la manera en que murió. Triste. Muy triste. Me dice antes de colgar.

Miro a mi rededor. Mi casa casi vacia que se siente más sola sin la presencia de Kristeva. Percibía que la muerte de mi gata era otra forma de despido que me hacía Ximena. Otra de sus formas de clavarme a la distancia. Clavarme, olvidarme, dejarme más y más solo. Como un bato casi espectral que deambula por su memoria, parado frente a una franja para comprobar si de veras había otro lado.

"Todos somos fantasmas en preparación", pienso al mirar lo que me rodea. Era la dedicatoria que me escribió el Revueltas en el libro que me regaló.

La historia perdida de la línea

> "… in the emptiness of deserts you are always
> surrounded by lost history".
>
> —Michael Ondaatje

Ahora puedo contar la historia del hombre con la cara destruida.

Eran los años de presagios: tormentas que devastaban ciudades, olas de calor que desbordaban los pronósticos, terremotos que devoraban regiones, muertes masivas de aves y de peces. Los cambios climáticos producían tormentas catastróficas. Salió un video de unos camiones de carga volando por el aire, aventados por un tornado. Veintitrés miembros de una secta religiosa se inmolaron una mañana del solsticio en un templo maya en la selva de Chiapas. Tres meses después, quince personas más de un culto tomaron agua mezclada con cianuro y se fueron a dormir al lado del Bósforo. Un hombre en Badajoz asesinó a casi cincuenta personas que disfrutaban de una tarde en el casco antiguo de Estremoz. Millones de personas protestaron contra sus gobiernos. Hubo un colapso económico mundial.

Presagios. Malos agüeros.

Y aquí desde la línea, lo miraba todo. Todos estos augurios que avecinaban el final.

Ya no me importaba.

No me interesaban estas señales del final: lo único que esperaba era un mensaje, una indicación, un intento de contacto. Esperaba frente a la computadora y no recibía nada.

En el buzón de mi correo electrónico tenía el último mensaje que recibí de Leah.

Cada tarde me hundía más en la espera hasta que oí el golpe seco en el patio y descubrí el cuerpo tirado en el pasto.

Alguno preguntará: ¿dónde estuviste cuando se terminó el mundo? Pero la pregunta mejor es: ¿dónde estuviste cuándo empezó el final? Pocos podrían contestar.

Yo, por ejemplo, no podría. No tendría una respuesta concreta.

¿Dónde, cuándo, empezó todo esto? Cada transformación tiene un principio pequeño, pensé. Mientras cuidaba del cuerpo del Profeta en la sala de mi casa, me propuse a contarle la historia de la caída. O la historia como lo entendía yo.

Buscaba mi manera de entender dónde empezó mi propia caída.

Leah guardaba un cuaderno con notas sobre el final. Recortaba notas del periódico que luego pondría en su diario.

Para una mujer que mantiene un blog y que pasa la mayor parte del día en la red, me sorprende que cargues una libreta con notas de los diarios, le dije una vez mientras tomábamos café y ella juntaba cuidadosamente sus apuntes.

Me dio una mirada que me decía que nunca entendería nada.

El cuaderno se quedó atrás. Por un tiempo lo tuve en mi escritorio, donde lo abría de vez en cuando.

Había reportes de luces extrañas en el cielo. Algunos juraban ver ángeles, otros veían la aparición de la Virgen. En el Cairo hubo noticias de luces celestiales que se posaban encima de una iglesia copta. En la ciudad de México, una fuga de agua en el centro histórico dejó una mancha que muchos afirmaron se parecía a la Virgen de Guadalupe.

Aparecían profetas por todas partes. Algunos se anunciaban como el Mesías. Hubo uno en Tijuana que después de estar encarcelado por muchos años regresó a su barrio y empezó a pronosticar cosas raras y hablar en parábolas. Otro, en Ciudad Juárez, soñó que era rey y, respaldado por un mariachi que veía como su guardián, se dispuso a empezar una guerra de narcos en un intento de controlar esa plaza. En Nicosia, un viejo predicador caminaba por el muro que dividía la ciudad y clamaba que la ciudad y el país se volvería a unir pronto en los últimos días. En la isla de Patmos llegó un cantante que se declaró profeta al pasar por la cueva del Apocalipsis y se puso a escribir cartas dirigidas a políticos, religiosos y celebridades.

Entre todo este grupo de profetas que creían saber el destino del mundo apareció el Profeta. Nadie sabía su nombre y algunos lo llamaban el Brujo, el Maestro, G —porque algunos creían oír decir que se llamaba Gamaliel—, o más comúnmente, el Profeta.

Todos estos nombres eran verdaderos. Todos demostraban aspectos de este hombre que cruzó el desierto a pie y que contestaba al nombre de Gamaliel.

Pero me estoy adelantando. Todo esto lo supe después de que Leah le entrevistó para su blog y antes de que ella desapareciera en el otro lado y empecé a pasar las noches en Skype en espera de algún mensaje suyo.

Los santos aparecen en momentos de crisis, me dijo una tarde mi amigo Javier mientras tomábamos cervezas en una taquería en Mexicali. Me acuerdo de esto, como me acuerdo de demasiado, porque a pocos momentos entró Leah.

Después de tres días caminando por mi casa con las ventanas cerradas acomodé una silla al lado del profeta inconsciente. No sabía si me podía escuchar. Tampoco me importaba tanto. Lo tenía allí conmigo.

Me acerqué a la oreja del Profeta y le dije: para mí, el cambio empezó con una partida. Obvio, imaginaba que me contestaba Leah, toda historia empieza con una partida. Es el tropo común a la búsqueda. Luke Skywalker sale a buscar su destino y se encuentra con su padre. Tom Cruise baila en sus calzones y se encuentra con la Cienciología. Obvio.

Luego dije: fue una cruzada. La historia de mi cambio empezó cuando mis padres cruzaron la línea ilegalmente.

Nadie los vio cruzar. Por lo menos así me lo imaginaba. Salieron de Mexicali por el Este, hacia los ejidos y los antiguos campos de algodón. Allá por donde hay ahora maquilas y la garita nueva. Cruzaron por una parte donde el cerco que dividía los dos países estaba un poco tumbado. Brincaron y corrieron a los campos de cebolla y alfalfa para luego caminar hacia el centro de Calexico.

Pero no fue así.

Cruzaron en un coche prestado. Al llegar a la garita le dijeron al guardián que iban de paseo a El Centro, que mi jefa, con siete meses de embarazo, tenía antojo de helado. El guardián ni se fijó en ellos, pensó quizá que eran otra pareja que solo quería pasar un rato en el otro lado. Ni les inspeccionó el carro y los dejó cruzar. Así de fácil. De Calexico subieron al norte por la carretera 111. Si no fuera porque partieron de día, antes de llegar a Brawley mi jefe habría hecho su típico chiste de tomar el atajo que conocía.

En realidad no era, la calle a que se refería se conocía en la zona como una calle maldita, donde si uno se encontraba a la medianoche se encontraría con una pasajera diabólica sentada en el asiento trasero del carro. Esa historia nos aterrorizaba y cada vez que pasábamos por allí con mis jefes cerrábamos los ojos para evitar mirar en caso que nos encontremos con una pasajera extra.

Al pasar Brawley siguieron hacia el norte y entraron al desierto. A unas pocas millas les tocó la segunda parada de la migra, allí le explicaron al agente de la patrulla fronteriza que iban para Indio a una fiesta de unos tíos. De nuevo el agente no se preocupó por inspeccionar el carro y mandó a la pareja en su camino. Cruzaron el desierto, y antes de llegar a Indio, pararon a cargar gasolina. Luego siguieron más al norte. Mi jefa quería un lugar lejos de la línea, pero no tan lejos que les fuera difícil regresar.

Paré de hablarle al Profeta allí. No le conté por qué se tuvieron que ir de Mexicali. Tampoco le conté por qué mi mamá no quiso voltear la cabeza cuando cruzaron la línea a California.

Una tarde, cuando estábamos sentados en el porche, le conté a Leah por qué se fueron mis padres de México. Le dije: mis jefes abandonaron México y mi jefa se quedó siempre mirando hacia adelante. Solo cuando estaban en el desierto, cerca de Salton Sea, miró a su alrededor. Se quedó encandilada ante el calor, la vastedad y la soledad, la arena y el horizonte vacío. En la distancia se divisaba una cinta azul, el mar salado de Salton Sea. Pararon para cargar gasolina y mi mamá salió del carro a buscar la sombra de una palmera. Las palabras de mi abuela, su suegra, le resonaban en la cabeza.

Váyanse. Váyanse lejos.

Una de las hermanas de mi papá, la mayor, no quería a mi madre. Hizo muchos intentos de separar a mis padres, y cuando mi jefa se embarazó, metió mucho esfuerzo en que abortara. Mi abuela protegió a mi madre todo lo que pudo, hasta que finalmente le dijo a mi padre que tenía que dejar Mexicali. Le dijo que se fuera al norte con mi madre, que tal vez allá del otro lado de la línea la maldad de su hermana no podría tocarlos. Se decía en la familia que esta tía trataba con fuerzas ocultas y ya se empezaba a notar hasta dónde llegaría en su guerra contra mi madre.

Váyanse. Váyanse lejos. Le dijo mi abuela a mi jefa. Y procura no mirar hacia atrás. Nunca vuelvas la mirada.

Sentada debajo de la palmera, mi jefa no pudo evitarlo y miró en dirección a Mexicali y vio una nube grande de arena. El viento empezó a subir con la temperatura y vio como se les acercaba una tormenta de arena. Mi jefe vio lo que venía y se fue corriendo hacia mi jefa. No hubo tiempo para entrar a la gasolinera y escapar de la nube de arena. Mi jefe abrazó a mi madre y los dos se agacharon a la tierra.

Mi jefa luego me contó que en algún momento abrió los ojos y miró a su lado. Espió cómo una niña de blanco salió de la gasolinera y caminó hacia ellos sin que le molestara ni el viento ni la arena. La niña miró en la dirección hacia Mexicali y alzó los brazos. Mi mamá cerró los ojos y sintió como empezó a disminuir la velocidad del viento. Cuando pudo ver de nuevo, notó que la niña ya no estaba y el cielo había vuelto a ser azul.

Leah miró al cielo y me dijo: conozco ese viento. Tiene varios nombres, en Canarias le dicen calima, el viento que viene del Sahara y que carga arena por el mar hasta las islas. A veces lleva también plagas de saltamontes. Cuando llega la tormenta a la costa, los canarios tienen que encerrarse en sus casas y cuidar que todas las ventanas y contraventanas estén cerradas. En Iraq le llaman shamal. En Egipto, simoom. En Arizona usan un nombre árabe para ese viento: haboob. Hay varios nombres para esos vientos, los que cargan tierra y arena. Causan mucho daño. También hay otros vientos que no cargan polvo pero que puedan traer enfermedades, como el viento diablo en la bahía de San Francisco, el viento mistral en el sur de Francia, o la zonda en Argentina.

En el desierto del Altar vi uno de esos vientos. Tenía la forma de una mano gigante que arrastraba la tierra y la aventaba hacia el cielo. Ese viento quería ocultar algo. Me miró fijamente y luego se metió a la casa.

Dejé la habitación donde estaba el Profeta y salí al porche para sentarme un rato. Atardecía. Pronto empezarán las cruzadas. Aunque ya no había tantas como en años pasados, sabía por dónde saldrían y en qué dirección irían. Norte. Siempre norte. Algunos incluso no volverán sus miradas hacia atrás.

Vendrán por entre los campos de cultivo guiados por algún coyote que les esconderá de la migra. Algunos, los más aventados, irán hacia el centro de Calexico. Había varias redes de información en el otro lado, ya se sabía por cuál vecindario entrar, en cuál patio de casa podrían ocultarse. Intentarán esquivar la migra que les perseguirá en ese juego de gato y ratón que compone la dinámica de la línea.

Mi madre tuvo que dejar la línea, pero ella supo, como nosotros sus hijos, que la línea nunca se puede abandonar. Aunque nacimos lejos, la cargábamos dentro de nosotros. La gente que la cruzaba de noche también la cargaba. Iba con ellos hacia el norte, a las empacadoras de carne en los pueblos agrícolas de Indiana, a las obras de construcción en las ciudades de la costa del Este, a los huertos y los campos de California y Washington. La línea viajaba con ellos: era el tatuaje invisible que marcaba su caída.

La noche que todo cambió fue cuando oí un golpe seco en el patio. Esperaba en Skype y pensé que no era nada más que otro grupo que usaba mi patio como punto de escape. Cuando me di cuenta de que no recibiría la llamada que esperaba, decidí ir a la cocina y mirar por la ventana. En el atardecer vi el cuerpo tumbado en el pasto. Salí y me fui hacia él para meterlo en la casa. Estaba sangrando de la cabeza y vi que estaba golpeado. Se me ocurrió que podría ser no alguien quien cruzaba para trabajar sino uno que se escapaba de un cártel o una pandilla. Le limpié la cara y allí fue que descubrí a quién tenía en mi casa.

Una tarde mientras hablábamos por Skype, Leah me preguntó: ¿qué pasó con tu tía?

Murió cuando tenía cinco años, contesté.

Era la noche que nació mi segunda hermana. Cuando mi mamá estaba en el hospital con los dolores de parto, empezaron a anunciar por el sistema de emergencia pública que una tormenta fuerte se aproximaba. Se pronosticaban vientos destructivos y posibles apagones. Una enfermera que salió contó que vio una nube masiva y negra que venía desde la sierra a una velocidad inverosímil. En el momento que nació mi hermana, la tormenta se disipó tan rápida como se formó.

En Mexicali la tía empezó a escupir agua y ahogarse. Luego vomitó arena y murió allí en la cama. En su habitación, en la otra parte de la casa, mi abuela murió poco después.

Con la muerte de la tía pudimos volver a Mexicali y a la línea. Y hasta que tuve dieciséis años, pasaba todos los veranos en Mexicali. No me molestaba el calor. Disfrutaba de pasar los veranos con mis primos, y aunque algunos de los chicos de la colonia no paraban de burlarse de mi español tan pocho, tan marcado por el inglés, no dejé de hacer amigos. La pasaba bien, la verdad. Fue cuando empecé a trabajar en el norte que dejé de ir a Mexicali, y por muchos años mis ausencias de la línea se alargaban. No fue sino hasta que te conocí que regresé para quedarme.

Ella me miró desde la pantalla, luego bajó la cara y me dijo que se tenía que ir.

Así podía ser. Cariñosa a veces, pero cuando intentaba decirle que me gustaba mucho se separaba. Esquivaba mi mirada. Nunca supe qué hacer con eso.

Quizá allí fue el principio de mi final. Allí fue el verdadero comienzo de mi caída: mi regreso a la línea y la llegada de Leah.

Cuando me preguntaban, siempre decía que volví a Mexicali porque se casaba una prima. Aunque tenía un trabajo en la biblioteca pública de mi pueblo, no me daban muchas ganas de pasar el verano detrás de niños que coloreaban en los libros o adultos que me pedían libros cuyo título y autor desconocían, pero sabían que la tapa era gris. Cuando una señora mayor me acusó de haber escondido internet en las computadoras, decidí pedir mis vacaciones e irme a la línea. Tenía una casa que había heredado de un tío en Calexico y desde que murió nadie la había usado.

Llegué una semana antes de la boda, y al tercer día, después de hacer la ronda de visitar a mis tíos y pasear de teibol en teibol con mis primos, llamé a un amigo que conocía de la universidad: Javier.

Nos encontramos una tarde en Mi Taco Tote cerca de la línea. Vimos pasar un señor que se parecía a Jesús

Malverde. Llevaba un sombrero de paja y unos lentes oscuros. Vendía una tilma con una imagen desteñida de la Virgen de Guadalupe. Parecía que en cualquier momento desaparecería por completo la imagen y la tilma quedaría con una mancha misteriosa. Xavier lo contempló un momento y luego comentó que los santos aparecían en los momentos inesperados.

Poco después entró Leah. Sería una mentira decir que no me afectó su entrada. Ya se me había pasado esa etapa tonta donde me enamoraba con cada chica que conocía, pero cuando la vi entrar, con la luz de afuera que le daba un resplandor, pensé en esa escena de la película *Weird Science* cuando Kelly LeBrock aparece frente a los dos nerds.

Ah mira, dijo Javier, ya llegó nuestra cronista de los fantasmas de la línea.

Después de conocernos, ella me explicó que tenía un blog que se llamaba *La historia perdida de la línea*. Aunque implicaba toda la línea fronteriza, en verdad solo se enfocaba en Mexicali. Le interesaban las historias y los mitos de Mexicali y escribía sobre ellos en su página.

Aquí en esta zona estamos, siempre rodeados de historias perdidas y olvidadas, me dijo mientras señalaba a un hombre parado frente a un pedestal.

Allí iban a construir una estatua a Juan Soldado, pero la iglesia se opuso. Nunca se puso la figura del santo, pero por allí pasan muchos que quieren cruzar por aquí y le piden ayuda para no ser encontrados por la migra.

Esa tarde, mientras esperábamos cruzar la línea, me pidió que le contara alguna historia de fantasmas.

Le empecé a contar la historia de la calle maldita en Brawley.

Oldie, me cortó. Oldie. Esa historia ya me la sé. La puse en el blog hace siglos. No me serás útil como informante. Así que voy a tener que buscarte otro uso.

Cuando nos acercamos al guardián, ella pasó primero y noté cómo le cambiaba la voz. Era más seria, casi neutral, casi como robot.

Le pregunté por qué le habló así.

Cuando estoy frente a ellos, solo les daré los hechos. Just the facts. Como el sargento Friday. No hay que darles más leña. ¿Para qué contarles mi vida? ¿Qué les importa?

No pude hacer otra cosa que enamorarme de esa mujer rara.

En el poco tiempo que pasamos juntos nunca pude conocer mucho de su historia. Solo unos datos que me dio Xavier y otros que me ella me dio. Originalmente de Iowa, se vino a California en la secundaria. Nadie supo decirme por qué se mudó. Tampoco se sabía cómo llegó a Calexico. Especulaciones había muchas. En unas versiones, llegó a Calexico porque se casó (o tenía un novio) de aquí y cuando ella lo dejó (murió el marido, el novio se mató en un accidente), ella se quedó. En otras, el novio (o el marido) era abusivo y se vino a la línea para esconderse. Algunos opinaban que estaba bajo la protección de un capo que no quería que se fuera. Otros que había sido testigo de un crimen y que el gobierno la puso en un programa de Witness Protection, le cambiaron de identidad y le mandaron a vivir a la línea. Especulaciones.

Una vez, cuando intenté preguntarle por qué se vino a Calexico, me contestó: todos los que llegamos a la línea ocultamos algo.

¿Y tú? ¿Por qué volviste a la línea?, me preguntó. Regresé porque se casaba una prima. Era mi respuesta típica. Noté que no estaba satisfecha, pero sabía que no iba a decir más. Acordamos mantener nuestros secretos.

Fue Leah quien me señaló al Profeta. Caminábamos de las dulcerías que estaban en la calle Juan Aldama cuando ella se paró en la esquina del parque. Mi vista estaba en los mariachis, pero la de ella estaba fijada en un grupo de hombres sentados cerca del quiosco. Había un hombre alto parado en medio de ellos. Nos acercamos un poco, pero no entramos al círculo.

El Profeta no decía nada. Estaba parado mirando hacia el cielo. Llevaba barba mal cortada y estaba quemado por el sol. Parecía que había salido del desierto, la ropa la tenía sucia y manchada. Todos los de su círculo se le quedaban mirando, esperaba que dijera algo. Bajó la vista y me miró directamente.

Luego empezó a hablar. Casi no lo podíamos oír. Pero la voz me recordaba al agua que pasaba por las piedras de un riachuelo en el desierto, al sonido de un pequeño arroyo que se perdía. Había un hombre a su lado que escribía todo lo que contaba.

Dijo algo como que la línea estaba para cruzarla. Que soñó con un jardín que no tenía cerco. Que la cena, cuan miserable fuera, si se comía como si fuera parte de un banquete siempre llenaba. Que el búho a veces no podía con el conejo.

Pendejadas, pensé.

Camino a la línea, Leah no paraba de hablar del Profeta. Así le empezó a decir. Se imaginaba que venía de algún otro lugar para predicar no sabía qué; el fin del mundo, un asalto a la línea, la revancha de los de abajo. Cuando le pregunté por qué pensaba esas cosas me contestó:

¿No lo viste, güey? ¡Obvio que es un profeta para el final del mundo! Es un santo de la desesperación.

Supe allí que quería entrevistarlo para su blog.

Tenía un despacho al cruzar la calle de la garita, una oficina cerca de la estación de autobuses y al lado de una casa de cambio. Desde la ventana veía a la gente que cruzaba del otro lado. A veces escribía de lo que veía por su ventana, las entradas y salidas de las aduanas, los carros que cruzaban, la gente que esperaba en la línea. Otras veces subía entrevistas con gente que conocía: el señor Euclides, un dominicano que vivía al lado del desierto —¿por qué?, le preguntó, y contestó: porque en el desierto se puede imaginar todo—; la señora Toña que trabajaba en una floristería y componía versos para quinceañeros y para difuntos; Gregorio, un joven coyote que conocía ciertas rutas para cruzar la línea; Lidia, una chica que bailaba en la Casona Night Club; don Manuel, que pintaba exvotos a cualquier santo que se le pidiera, oficial y no oficial, desde la Virgen de Guadalupe a la Santa Muerte. Muchas veces escribía las historias de fantasmas que algunas personas le contaban.

Una era sobre la noche que llegó el diablo al Waikiki, un club de baile que quedaba en el centro en los cincuenta. Según la historia, llegó una noche al Waikiki un chavo vestido muy elegante al club. Sacó a bailar a una chica y los dos estaban espectaculares, como John Travolta bailando con

Karen Lynn Gorney en Saturday Night Fever. Poco antes de la medianoche subió otro grupo al escenario para tocar, y justo a la hora entraron con una rola fuerte y gruesa. El chavo misterioso enloqueció y sus movimientos se volvieron más esquizofrénicos. En un momento empezó a saltar, y cuando tocaba tierra salían relámpagos. Los demás se empezaron a espantar y algunos salieron corriendo. La pareja del chico empezó a gritar y el chico la agarró por la cintura, pero ella se pudo escapar antes de que él desapareciera de la pista. Por casi un año disminuyó mucho el público en los centros nocturnos, y no fue sino hasta que los dueños de los clubes bajaron demasiado el costo de las entradas y las bebidas que se recuperó. Pero no completamente, según Leah, cuando estuvimos parados frente al edificio donde antes estuvo el Waikiki. Ahora había una floristería que se especializaba en coronas para funerales. Me dijo que en el patio, donde antes estuvo la pista de baile, todavía se podían ver manchas negras.

En el camino por el desierto hacia Algodones le pregunté qué pretendía con contar estas historias de fantasmas. ¿Quería asustar a la gente? ¿Quería añadir a la historia de violencia que tenía la línea?

Me miró un rato y me contestó: todas estas historias son necesarias. Es tan fácil olvidarse cuando uno está en un desierto. Luego volvió a mirar afuera.

¿Qué dice una persona sin cara? ¿Todavía es una persona? Miraba a la cara del Profeta, envuelta en vendas manchadas de un color verdusco.

Un día después de meterlo a casa llamé al señor Euclides. Salió del desierto en una bicicleta conectada a un tráiler pequeño. Allí llevaba algunos botes, frascos y latas de aluminio que recogía de los caminos. En una canasta que tenía en su bicicleta cargaba una mochila vieja y gastada.

Entró a mi casa y le tomó un rato acostumbrarse a la oscuridad. Cuando estaba listo lo llevé a ver al Profeta. Me pidió que lo dejara solo con él y salí al porche. Cuando me llamó a pasar vi que había envuelto la cara del Profeta. Me recordaba a una momia, con las vendas manchadas por alguna crema o líquido que el señor Euclides le había untado. Olía a eucalipto y a desierto.

Cuando conocí al señor Euclides, me dio unas cápsulas para tomar. Tres por día. Le pregunté qué eran y me contestó: para ayudarte con tu lengua. Me explicó que los que nacieron con dos idiomas tenían dos lenguas. A veces una resultaba más débil que la otra. Por falta de práctica, me dijo. Luego me explicó que las cápsulas ayudarían a que mi otra lengua, la lengua de mis padres, se volviera más fuerte. Quise ofenderme pero me acordé de las muchas veces que mis primos en el otro lado se burlaban de mi castellano pocho, cortado y mezclado con el inglés que siempre usaba en California.

Le pregunté qué contenían. Me dijo que varias cosas, entre ellas, polvo hecho de víbora de cascabel. Cuando reaccioné con asombro, me explicó que las personas que nacían con dos idiomas encima tenían una lengua bífida.

Al despedirse esperaba que me preguntara por Leah, mas no lo hizo. Me interrogó un rato y luego sacó un frasquito de su mochila.

Ron. Me dijo. Ron para la tristeza.

Hay una foto en donde estamos Leah y yo en una fiesta que organizó Javier en la discoteca en Mexicali que dirigía. Estamos en la sección VIP. Llevo una corona de plástico. Ella una tiara. Los dos tomamos un chupito de tequila. Ni sabíamos por qué era la fiesta, pero no nos importaba. Acordamos en ese momento que festejaríamos porque Leah consiguió una entrevista con el Profeta y ya la tenía lista. Pensaba pulirla y subirla al blog en unos días.

Obtener una cita con el Profeta no fue tarea fácil. Con sus primeros intentos siempre se le ponía enfrente alguno. Muchas veces le pedían que hablara no con el Profeta sino con el que llamaban el Escribano. El Profeta estaba ocupado. No tenía tiempo para contestar a una entrevista. Sus intereses no tenían que ver con la vida mundana, lo suyo era existencial.

Leah no dejó de insistir hasta que finalmente logró encontrar solo al Profeta. Conocía el blog y le dijo que estaría encantado de hablar con ella. Pero lo tendrían que hacer a escondidas. Que había algunos miembros de su grupo de fieles que lo querían mantener separado del mundo. Se citaron en un café que conocían cerca de la catedral.

Más tarde, en la fiesta, Javier se me acercó y me dijo que se notaba que los dos nos llevábamos bien. Estaba medio borracho con los tequilas y la cerveza y solo pude asentir con la cabeza.

Me parece genial, dijo, y me puso una mano sobre el hombro. Pero te advierto algo: no te enamores de Leah.

Al recuperar la voz le contesté: ¿cómo crees? No vine acá para enamorarme.

Más te vale, cabrón. Me dijo y se fue.

De regreso al otro lado le pregunté a Leah si tenía algo con Javier. Me respondió con una carcajada. ¿Cómo puedes pensar eso?

Es que… no sé. Nada. No es nada.

Me miró un rato y me dijo: bobo, no entiendes nada. Se acercó y me dio un beso en la mejilla. Luego me abrazó y así llegamos los dos a la garita. El guardián nos puso la linterna y luego miró adentro del carro. Inspeccionó nuestros pasaportes y nos sonrió cuando Leah le dio una mirada.

Mientras me besaba y me quitaba la camisa en mi habitación me preguntó: dime la verdad. ¿Por qué viniste a la línea?

Primero tú, le contesté mientras le bajaba la cremallera del vestido.

Después.

Se fue por la mañana a su casa. Quería trabajar un rato sobre la entrevista con el Profeta. Se despidió con un beso largo y salió a una mañana caliente y de mucha luz. Antes de cerrar la puerta, vi su espalda con el resplandor, un halo de luz que se filtraba por su largo cabello rubio. Era como la primera vez. Me mandó un beso volado y cerró la puerta.

Me di cuenta después de que se le había olvidado la libreta.

Su último mensaje me llegó a las pocas horas. El Profeta quería hablar con ella, pero él no la contactó sino fue el Escribano. Como sabía que yo tenía un trabajo por terminar decidió ir sola. Me mandó el texto de la entrevista y me pidió que lo revisara y que si me gustaba que lo colgara en el blog. Luego me dijo que me llamaría por la tarde. No me dio ningún motivo de alarma y pensé contestarle que lo revisaríamos juntos.

No me llamó por la tarde. Ni a la mañana siguiente. Llamé a su móvil y nadie contestó. Llamé a Javier y me dijo su hermano que había salido esa mañana para la ciudad de México y de allí se iba a Madrid. Intenté ubicar a Leah durante tres días, al tercer día el número ya estaba desconectado.

Al cuarto día empecé a esperar en Skype.

El Profeta me llegó casi una semana después.

En la nota admitió que se llamaba Gamaliel. Era de Sinaloa. No le gustaba que lo llamaran Profeta. Trabajó como ilegal en el otro lado por unos años. Jaló en la agrícola pero también en obras de construcción. Conocía Kansas City, St. Louis y Chicago. También conocía California, trabajó allí en la pisca de fresa, de ajo, de cebolla y de kiwi. En una redada de la migra fue agarrado y deportado a México, pero antes lo golpearon en un centro de retención, porque se quejó de los malos tratos que los guardianes daban a un chico oaxaqueño. Los guardianes dejaron de insultar al chico y se brincaron encima de Gamaliel con macanas. En su pueblo, cerca del mar, la recuperación fue dolorosa. Empezó a tener visiones del final del mundo. Una tarde comenzó a caminar hacia el norte. Atravesó el desierto del Altar, muchas veces caminaba por la tarde y la noche para evitar el calor. Cuando salió del desierto, con su barba larga, su piel quemada y su ropa sucia y desbaratada, la gente se le empezó a acercar. Pronto tuvo un grupo de seguidores. No sabía si quería cruzar la línea, aunque eso era lo que se esperaba de él. Su grupo insistía que él los llevara al otro lado. No estaba seguro de eso.

Nadie los miraría al cruzar. Así tituló la nota.

Miraba al Profeta. No sabía si logró ver a Leah ese día que desapareció. Me imaginaba que no. Me imaginaba que algo terrible le habría pasado. No quise pensar en eso. Quería pensar que se fue con Javier a Madrid. O que se fue a algún otro lugar. Que quizá lo nuestro le espantó porque no le gustaba la idea de estar conectada a alguien. Que encontró otro lugar con historias ocultas que se necesitaban sacar a la luz del día.

Pensaba en esto cuando sentí que me miraba el Profeta. Vi que estaba despierto y que lloraba.

Me dijeron que al morir serviré como símbolo, me dijo.

Luego me preguntó con una voz seca y que me hacía pensar que en cualquier momento empezaría a escupir arena: ¿y por qué viniste tú a la línea?

Lo miré un rato. Finalmente contesté: porque pensaba que se terminaba el mundo y que necesitaba estar cerca de mi gente.

Gamaliel puso una mano débil encima de mi brazo. Yo también, dijo. Y luego cerró los ojos.

Supe entonces que no se iba a morir. Que se iba a recuperar en mi casa y que alguna tarde lo ayudaría regresar al otro lado y que lo llevaría a la estación de autobuses para que comprara un billete para volver a su pueblo. Supe que antes de subirse al autobús se me quedaría mirando mucho tiempo. Supe que buscaría algo para decir de ella, pero que las palabras no le llegarían. Supe que al final se despediría con tristeza.

Supe entonces que el mundo no terminaba, y si se me preguntara qué hice cuando me di cuenta de que el mundo seguiría, contestaría: salí afuera.

Estoy condenado a recordar a un hombre con la cara destruida; no porque me acuerde de cómo era antes, o porque alguna vez me miró directamente, ni porque imaginaba cómo era debajo de esa geografía de cicatrices, sino porque él era mi último contacto con Leah. El Profeta en su momento de caída fue el hilo conductor que me llevaba a unir mis recuerdos de Leah, la chica que una tarde salió de mi casa y se desvaneció en el calor del desierto.

Estampas de Califas

Don Chale

Hace ya unos cinco años desde que don Chale Fernández dejó de pasar la tarde en el parque de este pueblo de Orland, en el norte de Califas.

Don Carlos José Fernández Mora, don Chale. Oriundo de Tecuala, Nayarit llegó a este pueblo a finales de los cuarenta, cuando tenía diecinueve años. En los treinta, hubo redadas y deportaciones masivas de mexicanos, pero ya para los cuarenta, la comunidad empezaba a regresar. Labrador de madera, carpintero, pues. Vino porque un primo le dijo que podría conseguir un buen jale en el estado de Oregon, al norte de California.

No llegó.

Al parar su bus en este pueblo de Orland, don Carlos decidió caminar un poco para estirar las piernas. Al ver el pueblo tranquilo en el valle central, los campos y los huertos, los volcanes Lassen y Shasta en la distancia, decidió quedarse allí para probar su fortuna en este pueblo pequeño.

Murió hace tres años.

Fue uno de los primeros en llegar aquí. Lo siguieron los Martínez, los Vílchez, los Garza, los Barriga y los Curiel. Todas familias del norte y centro de México. Vinieron de Baja California, de Sonora, de Sinaloa, de Zacatecas, de Nayarit y de Michoacán. Algunos de ciudades grandes, como Mexicali, Tepic o Hermosillo; otros de pueblos como Nieves,

Mocorito, San Francisco del Rincón. Trabajaban en los huertos y campos de las familias locales: Pacheco, Askeland, Gianella, Puig, Carvalho, Barletta y Musco. Familias, algunas, de inmigrantes europeos que llegaron al valle central y empezaron a cultivar los olivos, los naranjas, los duraznos y el betabel, que después atrajeron a la mexicanos migrantes para trabajar en esa tierra fértil que quedaba entre dos cordilleras.

Pero don Chale fue uno de los primeros en llegar.

Una vez me contó que, cuando llegó, los mexicanos vivían todos en las afueras del pueblo. Los bolillos no nos querían, me dijo. Nos querían como trabajadores en los huertos, pero ¿tener que vernos en el centro? ¡Para nada! Algunas familias se fueron a vivir a Hamilton City, que quedaba a unas diez millas del pueblo. De City no tenía nada, era un pueblo más pequeño que Orland. Pero así era, Xavi. O vivías en los ranchos, o te ibas a Hamilton. Pero como yo no sabía nada de eso, pues me vine a vivir en el pueblo. Por fortuna me encontré a alguien que me rentara una casa.

Casi todo el mundo lo llamaba el Loco Chale. Fue por esa tragedia de cuando su hija Josefina murió ahogada en una acequia en el rancho de los Carvalho. Después del accidente, don Chale le entró duro al trago y se pasó dos noches en el Blue Gum bar. Doña Carla iba cada noche para llevarlo a casa y a la mañana siguiente allí estaba. Al tercer día, don Chale salió del bar y se encerró en su taller por un día entero. Dicen que lo oían trabajar y llorar. Se juntó un grupo afuera del taller, en espera de que saliera. Por la noche, abrió las puertas y todos pudieron ver en lo que estaba trabajando.

Era un ataúd. Un ataúd para su hija.

Mis jefes cuentan que fue una de las cajas más bellas que jamás habían visto. Después, fueron don Chale y su compadre, don Crescencio, a la funeraria para sacar a Josefina. Fue difícil que se les entregara el cuerpo, pero como los dueños vieron que los dos amigos viejos venían seguidos por la mayoría de la comunidad mexicana de la zona, accedieron. El director de la funeraria la sacó en una camilla, cubierta en una manta blanca. Al descubrirla, doña Carla se desmayó. Don Chale abrazó el cuerpo de su hija y le empezó a cantar en el oído. La gente se apartó mientras la levantó y la puso adentro del ataúd. Con la troca de don Crescencio al frente y don Chale abrazado al féretro, llegaron al panteón del pueblo, donde los esperaba el resto de la comunidad mexicana. Doña Carla estaba respaldada por sus comadres y mi mamá.

Después de enterrar a Josefina, don Chale jamás volvió a trabajar la madera. Ni cuando murió doña Carla en ese accidente en la empacadora de almendras.

Después de eso don Chale se paseaba solo por las calles de este pueblo. Se pasaba horas en el parque, sentado en una banca cerca de la biblioteca. Ya para entonces le decían el Loco Chale. Se sentaba en la banca y se ponía a hablar, tenía conversaciones consigo mismo. Pocos se le acercaban. Se corrió la voz de que en Nayarit había generado la enemistad de una bruja que le echó una maldición que lo siguió hasta el norte. La gente temerosa no quería que les cayera lo que tenía el Loco Chale y nos dijeron a los chicos y chicas que debíamos tener cuidado con él.

Aparte de hablarse a sí mismo, parecía completamente normal. Lo veía cada vez que iba a la biblioteca para sacar algún libro. Siempre me llamaba por nombre cuando me veía y a veces me contaba de cómo era el pueblo cuando llegó en el '49. Pero tampoco pasaba mucho tiempo con él, por si las dudas.

223

El que sí era mi amigo fue Fide Galván. Le gustaba sentarse con don Chale en la banca para escuchar sus historias. Luego, en el recreo, nos reunía a la palomilla —Lalo Rodríguez, Dani Macías, Poncho Fernández, Tomás Garza y yo— para contarnos de sus conversaciones. Le contó de la construcción de la autopista 5 que iba desde la frontera con México en el sur hasta la frontera con Canadá, de cómo se vino a los diecinueve en tren desde su pueblo hasta Mexicali y luego en bus por la carretera 99 hasta llegar al pueblo, de cómo conoció a doña Carla en San Francisco, de su hija Josefina y sus muñecas.

Luego Fide me contó en confianza que don Chale se pasaba el tiempo hablando con Josefina y doña Carla. Sabía que estaban muertas pero todavía las veía y ellas hablaban con él. Iban con él a todos lados y según le dijo a Fide: ni modo que decirles que se vayan.

Pues no, le contesté a Fide.

Daniel Boring

Su hermana una vez lo describió como alguien totalmente normal, boring. Hablaba con su amiga, Amelia Rivera. Ella estaba en la clase de Daniel. Amelia tenía doce años, unos años más que María Elena, Malena. Cada tarde se sentaban en el pasto que compartían sus dos casas, sus bicis tumbadas al lado. Una tarde miraron a Daniel llegar a casa con su mochila de libros y su camiseta de Star Wars.

¿Qué te parece tu hermano?

¿Él?

Las dos hablaban de chicos. A Amelia le empezaban a interesar, aunque Malena todavía se interesaba más por sus barbis y muñecos de peluche. Amelia se encontraba en esa edad donde los chicos ya no le parecían asquerosos y escuchaba con más interés lo que decían sus primas mayores, las que ya se pintaban y empezaban a vestirse como cholas, en camisetas de tirantes y pantalones holgados.

No se lo dijo a Malena, pero a ratos pensaba en Daniel.

Malena miró a su hermano entrar a casa y luego le contestó a Amelia. Boring. My brother es muy boring.

Luego lo vieron salir con su hermanito Pepe y el padre de ellos. Se subieron al coche, los dos chicos con caras de terror.

¿A dónde van?

No sé, dijo Malena. Cada semana salen con papá, nunca quieren que vaya con ellos. Ya ni les preguntó. ¿Pa'qué? Mis hermanos siempre regresan sin decir nada y se van a esconder a su cuarto con sus libros de cómics. Weirdos.

Un par de días después, cuando Daniel paseaba por la escuela en su bici, vio que Amelia lo llamaba. Estaba con un grupo de amigas cerca de un cerro en un parque infantil. Había cuevas en el cerro y por allí entraban y salían los niños, inventándose batallas intergalácticas o jugando a las escondidas. En los últimos meses las cuevas se volvieron los sitios predilectos para que los chicos y las chicas experimentan con besarse. Ya varios de los compañeros de curso habían entrado, pero el pequeño grupillo de Daniel todavía no. Eran los supergeeks, los outsiders del curso, los que todavía veían a las chicas con sospecha.

Amelia lo llamó y Daniel se acercó. Sin decirle una palabra lo tomó de la mano y lo llevó a las cuevas.

Por una semana entraban y salían de las cuevas, buscando un rinconcito en la oscuridad para ellos. Hasta que un día llegó y miró a Amelia entrando a una cueva con Xavier Castillo.

Uno podría pensar que eso fue su downfall. El que empezó su derrota y lo hizo más geek y desconfiado frente a las chicas. Qué su momento de ladykiller en potencia desapareció y terminó en el Daniel de siempre, el Daniel que fue condenado por su hermana como Boring. Daniel Boring.

Pero no.

No fue así.

Fue por su hermana. Una tarde los vio Amelia y a Daniel entrar a las cuevas y esa noche, durante la cena, Malena lo anunció a toda la familia. Y era una cena grande. Estaban las tías, los tíos, los padres y un par de amigos de su madre. Todos se empezaron a reír con la noticia.

Daniel no sabía qué decir. Se le puso la cara roja roja.

Pero se puso aún más avergonzado cuando notó que su padre estaba orgulloso de él. Así me gusta, hijo, así me gusta, le parecía decir su mirada.

Al día siguiente vio que Amelia estaba con Xavier. Tres años después, en su quinceañero, Xavier era su chambelán y luego su novio.

Christine, Cristina y Caprice

En la época más pesada de nuestro exilio en el Planeta del Cáncer, vivíamos en el sur de California, al lado de la línea fronteriza en San Diego. Cuando al final el cáncer de mi hermana estaba bajo control, mi mamá nos regresó al norte del estado, al pueblo en el valle de Sacramento donde crecí. Después de tres años fuera, volvimos a Orland. Allá la ciudad más grande era el pueblo de Chico, de unos 50 000 habitantes, a veinte millas de mi pueblo. Mamá pudo alquilar por barato una casa en el campo afuera de Orland. Y allá caímos a vivir, a una casa grande con una granja.

En Orland había unos 5 000 habitantes, casi la mitad eran mexicanos que trabajaban en las granjas, los huertos, las empacadoras, o en los talleres. Antes de irnos, mis padres organizaban bailes mexicanos, al regresar mi mamá volvió a hacerlo. Los Humildes, Los Diablos, Mike Laure. Me acuerdo de todos. Sábados por la noche la raza de Orland y sus alrededores llegaban para bailar con la onda grupera. Odiaba esa música. A los diecisiete años ya estaba metido en la onda del new wave y el punk; la cumbia, la música norteña, la música tropical no me interesaban. Pero allí estaba, los sábados por la noche: en el baile. Me tocaba trabajar en la taquilla. Cuando podía, me escapaba a algún rincón con mi walkman barato y un libro.

Porque sabía que sería una ayuda si tuviera carro, mi mamá pudo conseguirme uno viejo y usado, pero corría bien. Era un Caprice del 74. Su color original era algo entre oro y cobre con un techo color café oscuro. La pintura estaba en muy mal estado, tenía manchas descoloridas en los lados y varios golpes habían sido arreglados y parchados con pintura de otro color. La cajuela no estaba bien sellada, cada vez que llovía se llenaba de agua y luego pasaba al interior. Lo único que tenía bueno era el motor, uno bien potente. Lo malo era que un dueño anterior, al hacer arreglos en él, olvidó atornillarlo por un lado. Cada vez que daba vuelta en una curva, sentía cómo se levantaba un poco y luego bajaba con un golpe. Básicamente, el carro era un death trap. Mas era mi carro y en él salía a conducir recio por entre los campos de maíz y los huertos de naranja, almendra y aceituna con mis mejores amigos, los primos Lalo y Dani. Corríamos por entre los huertos con una banda sonora de Devo, the Clash, y los B-52's.

Mis dos escritores favoritos en esa época eran Stephen King y Kurt Vonnegut. Mi habitación quedaba en la segunda planta de la casa que a veces me acordaba a la casa del Amityville Horror. De noche me tumbaba en la cama para leer alguna novela o cuento de King o Vonnegut, mientras afuera la oscuridad se extendía y la casa quedaba en silencio. En el verano del 83, estaba metido en la última novela de Stephen King, Christine. La historia de un carro poseído por una fuerza maligna me tenía enganchado. Cuando salía en mi Caprice para recoger alguna cosa en el pueblo, pensaba en el carro, un 1958 Plymouth Fury, y me regresaba más rápido a casa. Cuando mi carro empezó a tener una falla eléctrica, más me espantaba. Las luces —exteriores e interiores— de repente se apagaban y pronto volvían a funcionar. La primera vez que me pasó, al pasar por el cementerio del pueblo, sentí que se me paraba el corazón. Otra noche se me apagaron y cuando volvieron a encenderse había una vaca que atravesaba el camino. Cada vez que me pasaba imaginaba que Christine estaba en alguna parte y metía el pie para que el carro corriera más rápido a casa.

A los bailes llegaban algunos cholos de Hamilton City. No eran como los batos que veía en el sur de California o los que salían de los barrios de San Francisco. Eran más bien batos de campo que trabajaban en alguna granja o alguna mecánica y para relajar se dedicaban a arreglar sus ranflas. La ranfla de Ramón era la que más me gustaba. Era un Monte Carlo del 72, color cobre nacarado que brillaba en la luz, el techo era negro y el interior estaba siempre limpio y recién lavado. En la cajuela había cuatro baterías conectadas al sistema hidráulico, que se controlaba desde una palanca al lado del volante. La palanca tenía botones que controlaban cada llanta y hacían que el carro bajara, subiera o saltara. Cada llanta se podía controlar por separado. La primera vez que vi saltar el carro pensé que podría estar poseído. Lo empecé a llamar Cristina.

Llegaban los batos al baile y veía cómo estacionaban cada ranfla cuidadosamente en su lugar. Al pasar al salón para entrar al baile, David siempre me prestaba las llaves de su ranfla. En mis momentos libres me iba al estacionamiento para sentarme adentro, hacer el carro saltar y escuchar alguna oldie en el estéreo. Otras veces simplemente me sentaba y buscaba entre los casetes para poner música. Una vez se me ocurrió poner uno de mis casetes y me di cuenta de que Gary Numan no iba con Cristina. Lo suyo eran las mezclas de oldies de la serie East Side Story, con rolas de Santo and Johnny, Rosie & the Originals, El Chicano y War.

En cambio, mi Caprice, que quedó sin nombre, sí iba con mi música. Pero al lado de Cristina, mi Caprice era todo un espectáculo triste. Cuando a mi madre se le olvidó sacar una bolsa de cemento de la cajuela y luego llovió, el peso hizo bajar mi carro. Era mi lowrider chúntaro, sin sistema hidráulico ni sistema de sonido que se oyera por todas partes. Tampoco me importaba tanto. A veces de noche, cuando llegaba a casa, me sentaba en el baúl y miraba a las estrellas. O me iba al lago con mis cuates para nadar o tirarme en la playa. Mi carro no era nada como Cristina, tampoco era como Christine, el Fury que se autoarreglaba para poder matar. Caprice era fea en verdad y debería haberme dado pena. Pero cuando salía a pasearme a toda velocidad por los campos con las ventanas abiertas tampoco me importaba. Con todas sus fallas —el sistema eléctrico con su corte raro, la alfombra de atrás que se convertía en pantano cada vez que llovía, el hecho de que empezó a quemar demasiado aceite— nunca dejé de pensar que mi carro me podría llevar a otros lugares, que de alguna manera me podría salvar de los años de la tristeza que nos rodearon cuando fuimos a vivir al Planeta del Cáncer.

Al final el motor de mi Caprice llegó al final de su vida. Se empezó a averiar con más frecuencia hasta que, al final del verano del 83, el carro ya no avanzaba. Mi último recuerdo del Caprice fue verlo estacionado al lado de la granja. Pasé la mano por el techo manchado y pensé que bajo otras manos tal vez podría recuperarse, rehacerse como Christine, y tal vez convertirse en algo como Cristina, una ranfla lowrider que pasearía las tardes de verano por entre los campos de maíz y los huertos de naranja, almendra y aceituna con una banda sonora de Devo, the Clash y los B-52's.

El Xipe

Juan Nepucemio Nepucemio, alias el Xipe. Bato loco de Orland. Muchos pensaban que era un desatrampado. Fue por lo de su jefe. Su desaparición. Ya sabes.

Esas cosas pueden afectarlo a uno.

Su jefe fue luchador enmascarado en México. Se llamaba, creo, Doctor Avalancha: Temblor del Cielo. Mi jefe llegó a verlo un par de veces. Me dijo que los anunciadores siempre le cambiaban el nombre, Doctor Avalancha: Temblor del Cielo era demasiado largo. Lo llamaban Terremoto. Se encabronaba por esto. No le fue tan bien, demasiados luchadores enmascarados en esa city.

Como no pudo hacerlo en México, se fue a los United para chambear de bracero en los files. Dura la chamba. Eso sí. Trabajo de fil es un jale difícil. Lo bueno es que allá en Orland, los campos no eran de lechuga, ni de ajo, ni de cebolla. No como en otras partes del estado. Ese tipo de jale, eso sí que es una chinga. Seguir la fila, cabizbajo, cortando cebolla/lechuga/ajo y mirando que la fila es larga larga. Y luego volver a casa con ese olor. Tenía un tío que trabajaba en la cebolla, por meses después de la pisca todavía no se le podía acercar mucho porque emanaba ese olor. Pobre. Lo sentía por mi tía. A veces la veía llorar y pensaba que era por el olor a la cebolla. En la zona de Orland, más bien se daba la naranja, las aceitunas, las almendras y los duraznos. Había algunas granjas en la zona de Chico que cultivaban kiwi también. Aunque no era jale tan grueso como la de trabajar agachado, la chamba de fil igual era difícil. Pero allí andaba el jefe del Xipe, subido a una escalera cortando naranjas con las tijeras mientras sus hijos corrían por entre los huertos con los demás morritos.

¿Qué pensará el jefe del Xipe, parado en una escalera cortando naranjas con un paliacate en el cuello y una cachucha sucia en la cabeza? Supongo que pensaría de las llaves que empleaba en sus luchas: la tope suicida, la lanza zacatecana, la filomena, la Nelson, la quebradora, el candado, el tirabuzón. Las llaves que ahora solo podía practicar en sus recuerdos.

Y quizá algún día se habría acostumbrado a la vida de trabajador de fil si no fuera por la llegada del circo una tarde de verano. Era una carpa vieja que rolaba por el southwest animando al público mexicano. Cuando llegaron a Orland, se corrió la voz de que buscaban un luchador. Y el jefe, como todavía cargaba su máscara, se fue corriendo como chiquillo para unirse al circo. Así nomás.

Lo vi una vez cuando pasó la carpa por mi pueblo. Luchaba bajo otro nombre: El Vengador Azteca. No fue idea suya. Seguía sintiéndose el Temblor del Cielo. Los anunciadores pensaban que, con este nombre nuevo, ganaría más fans entre el público. A truckload or dos, pensaban. Y así pasó. El bato fue muy popular entre la raza: los que trabajaban largas horas en los files, los que jalaban en las empacadoras, los que chambeaban como mecánicos o jardineros. ¡Ya viene! ¡Ya viene! El vengador. Ya viene cabalgando, por la lejana montaña se divisa. Y salía al escenario con su soundtrack, "El jinete" del gran José Alfredo. Los announcers gabachos con su pronunciación pésima siempre le llamaban, "the Beinguhdorrr Azsssteicah!!!"

En fin, Temblor del Cielo se fue, como se van muchos jefes, en busca de otras luchas y otros escenarios. Dejó a su hijo el Xipe una máscara. A veces el freak la llevaba puesta cuando andaba por el pueblo. Allí está, parado frente a la ventana del JC Penny, posando. Allí está, en el cine con la máscara puesta, mirando muvis del Santo, del Blue Demon, del Mil Máscaras: El Santo en La Frontera del Terror; Blue Demon contra Las Diabólicas; Las momias de Guanajuato (con Santo, Mil Máscaras y Blue Demon). Allí está en Big John's al lado de su jefa, máscara puesta y cargando un cómic de Kalimán.

Una vez nos encontramos con un grupillo de chicos que lo seguían por la calle. Dani, Lalo y yo nos juntamos para ver qué onda. Los líderes eran dos hermanos gringos, su palomilla consistía en dos otros chicos de familia mexicana pero que se portaban como si no lo fueran. Nosotros les llamábamos los Vendidos. Estaban los cuatro siguiendo al Xipe y dándole carrilla. El Xipe como si nada, seguía en su onda hasta que uno de los gringos lo agarró y le quitó la máscara. El Xipe empezó a gritar y llorar mientras los cuatro cabrones se fueron corriendo, el primero con la máscara en alto, echando gritos de conquista. Nosotros los seguimos hasta que vimos al gringo aventar la máscara a un basurero cuando don Chale les empezó a gritar. Dani la sacó y regresamos a buscar al Xipe. Estaba sentado en la banca, llorando. Le regresamos la máscara y por el resto del verano siempre nos buscaba para, según él, protegernos.

Una tarde, mientras jugábamos los cuatro en el parque, vimos pasar un carro. El Xipe se paró y luego empezó a correr. ¡Apá! ¡Apá! Gritaba mientras se quitaba la máscara. El carro nunca paró, siguió en su camino. Nosotros alcanzamos al Xipe en la esquina. No dijo nada. Nos miró con ojos llorosos y luego volvió a ponerse su máscara.

Homeboy

Recibí un imeil del Lalo. El bato tenía un hermano mayor que había sido el primer hijo de su familia en nacer on this side de la línea. Y como la cosa en esa época andaba pelona para la raza, sus jefes decidieron ponerle un nombre que no le causaría problemas. Un name gabacho: Todd. Lo único fue el apellido. Allí sí que le chingaron al pobre: Rodríguez. Todd Rodríguez. Un bato raro, bifurcado. Quizá fue por su nombre. Pero bien, sea lo que sea, the dude was el star child, el hijo mayor que iba a salvar a su familia de la miseria después del divorcio de sus jefes. Un divorcio en donde no solo los hijos sino también una cuarta parte de la comunidad sufrieron daños colaterales. Un bato inteligente, el Todd. Logró a ser top of the class en su high school. Claro, era una secundaria rural en el norte de Califas. Orland, un pueblo perdido en el valle entre los huertos de aceituna y naranja. Pero igual. Era lo suficiente para que un recruiter del east coast —no sé quizá debería haber tomado un left en Sacramento cuando tomó un right instead— le ofreciera una beca para irse a Cornell.

Todo habría terminado en el típico happy ending — farmer boy hace bien, ándale a subir las palabras The End para que el público pueda salir— si no fuera que el cabrón de Todd murió yonqui en algún callejón sin salida en San Francisco.

Homeboy no pudo con el white elite de Cornell que había traído a un hijo de migrant workers en uno de esos actos dizque de caridad liberal para depositarlo en un mundo donde no sabía qué le pasaba. ¿Subir de escala social así sin preparación previa? No manches, carnal. Eso ni en la ciencia ficción. Ni en el realismo mágico. Uno sufriría un caso fuerte de los bends. Y el resultado es que el Todd no pudo con los richie riches de familia blanca ni menos con los niños bien de familia Latina que venían de los suburbios adinerados. Todos lo veían como un indio bajado de la montaña. Despite his American name. En lugar de asimilarse al country club set, se volvió el bato stereotype, vistiéndose al 'chuco style de northern Califas de Sacras o Stockton. Peor aún: el loser se volvió pingo, atascándose con los drugs del tiempo. No duró más que un año en Cornell y terminó homeless y perdido en San Francisco. Se volvió just another statistic y excusa para que conservatives tapados declararan que Affirmative Action era un fracaso.

El Todd, though, nunca fue cuate mío. Mi homeboy era el Lalo, su hermano que sí logró salir del pueblo, irse a Dartmouth y sobrevivir en ese pinche pueblo más perdido que Ithaca. Se fue aunque su jefa temiera que iba a terminar en gángster de caricatura como su hermano. Pero no fue así. Una vez me comentó que los Mexican Americans de Southern California eran los peores porque se creían los meros meros del rancho. En particular no aguantaba a los que venían de los affluent Latino suburban communities pero que lo negaban. Como que haber crecido en una familia de clase alta había sido una enfermedad. Puedes sentir el self-hate cuando hablas con ellos, me dijo. Lo sudan. Quieren ser farmworkers y decir que pasaron una vida dura y hablar de la pinche descriminación porque en el fondo saben que en el momento en que las cosas se ponen gruesas pueden correr a daddy y sus millions. Nacen con silver spoons pero quieren comer sobre paper plates. Al principio querían que Lalo confirmara sus condiciones de suffering Hispanics, pero el bato, en vez de eso, se volvió punk rocker. Tocaba el bajo en una banda. Hasta les enseñó a sus compañeros cómo tocar "La Bamba." Claro, la versión punk de los Plugz. La que termina, "Yo no soy capitalista, yo no soy marxista, yo no soy fascista... Soy anarquista".

El bato sobrevivió los white winters de Dartmouth y se fue en chinga para el southwest —to work on my tan, bróder— para hacer su Ph.D en San Diego.

La Giggles

A los dieciséis años era un adolescente con granos y ropa de segunda que se paseaba por el pueblo en una bici roja. Muchas veces pasé por tu casa, donde casi siempre estabas sentada en el porche con tu novio Ramón que se venía cruising las diez millas desde Hamilton para visitarte en tu cantón en Orland. Cruising por los campos de arroz, los huertos de naranja y de olivos en su ranfla; un low-rider marca Monte Carlo, del 72, con una cajuela llena de baterías para controlar el sistema hidráulico que haría brincar a su ranfla cuando estaba parado en el semáforo de Walker Ave antes de rolar a tu casa en Glenn Street. Tú allí en el porche con tu largo pelo lacio de chola, tu camiseta de tirantes con el nombre de Hopey impreso en tipografía inglesa, tus ojos de nuez pintadas negras con lápiz de ojos, tus pantalones holgados y chanclas.

Esperanza. Hopey, para tus amigos en la escuela. La Giggles, para tu clica de cholas. Tenías dieciocho años, eras una chola en un pueblo perdido del valle central de California, estabas recién graduada del high school y tu familia quería que te consiguieras un jale. Quizá una chamba full time en el JC Penny donde trabajabas de part time desde que tenías quince años, o peor, un jale en los files. Quizá en la pisca de aceituna o de durazno. Tenías un novio de veintidós que se paseaba por el condado en su ranfla y trabajaba en una lechería. Aunque los dos intentaban todo lo posible por actuar como si vivieran la vida chuca urbana de algún barrio en el sur, ninguno pudo escapar lo rural de Califas del norte: sus Friday night bailes; las carnes asadas en los ranchos y las granjas con las otras familias mexicanas de la zona; los rodeos en el campo donde se hacían las ferias. Cuando llegaba el rodeo, Ramón cambiaba su look de cholo para ponerse su ropa de vaquero: camisas con botones de rhinestone que se compraba en la tienda de ropa para vaqueros que estaba en la carretera 99, pantalones de mezclilla y botas brillantes que se había comprado en Hermosillo. Sombrero de cowboy, claro. También comprado en Hermosillo donde tenía parientes. Y luego tú allí, a su lado, Hopey en tu look de chola. Nunca cambiarías ese look para el foquín rodeo.

A veces en mi cuarto me paraba frente al espejo vestido de cholo: pantalones kakis guangas, camiseta blanca, el pelo engomado hacia atrás. Me ponía en pose de bato duro. Pero no me salía. Siempre terminaba sintiéndome un tonto y volvía a ponerme la camiseta de Starsky and Hutch, los pantalones de mezclilla y el pelo descontrolado se volvía a despeinarse.

Trabajaba en el cine del centro, el único cine en ese pueblo. Cuando no me tocaba chambear, me quedaba en el cine mirando cualquier cosa que ponían en función. El cine era viejo, con un techo que goteaba cuando llovía. Cuando llegaban las lluvias del invierno las primeras filas se inundaban con una mezcla de agua y refrescos derramados. Solía sentarme atrás, las gotas de agua iluminadas por la luz del proyector que controlaba el Mr. Robbins, el dueño del cine. Algunos fines de semana, casi siempre los sábados, poníamos películas mexicanas. Mr. Robbins intentó programar funciones en español para los domingos, pero la raza no salía al cine ese día. Prefería quedarse en casa mirando Siempre en domingo. Así que terminó programando cine mexicano para los sábados. El Mr. hablaba muy poco español y se ponía a hojear los catálogos de películas para ver qué programar. Casi siempre tomaba sus decisiones en función de las fotos que venían con las descripciones que no podía leer.

Xavi, what do you think of this one?, me preguntaba, apuntando a una foto de un club nocturno con dos hombres que hacían muecas chistosas a la cámara y con varias mujeres topless alrededor. Solo alzaba los hombros. Ya sabía que no estaba tan interesado en mi opinión. Luego me señalaba una foto de una película de narcos. Y acertaba con sus decisiones, la raza salía para ver esas películas, las comedias baratas de mujeres casi desnudas y las películas de acción en la frontera. El otro género que siempre atraía a gente eran las pelis mal dobladas de karatekas. Siempre se llenaba el cine.

Hace unos años, cuando una diferencia de dos años no era un abismo, tú y yo lo pasábamos juntos. Éramos morritos. Nos juntábamos los chiquillos en las fiestas en los ranchos y tú te acercabas también, aunque tenías nueve años y eras mayor que muchos de nosotros. Nuestros jefes lo pasaban pisteando, jugando cartas, bailando y cantando. Nosotros jugábamos a las escondidas entre los árboles; nos escondíamos detrás de los tíos y las tías pisteando cerveza y quejándose de sus jales; nos parábamos frente al hoyo donde cocinaban el puerco hasta que alguien nos dijera que nos fuéramos a correr por otro lado. Y luego todos comíamos. Los morritos en su lugar y los adultos en el suyo. No nos importaba. La verdad, nos divertíamos un chingo. Y después nosotros los chiquillos nos sentábamos en un círculo para empezar a contar cuentos de fantasmas o de nuestro último viaje a México. Para mis hermanos y yo, México era un viaje largo. Significaba doce horas en el carro con dirección al sur. Y nosotros solo íbamos a la frontera. Algunos tenían que ir más allá, hasta Hermosillo, a Torreón, o hasta a Zacatecas. Eso sí que era un viaje. Y nosotros los que teníamos suerte, podíamos parar a ver parientes en Sacramento, Stockton, Fresno, Los Ángeles, Indio, y finalmente, Mexicali. Los que no tenían tanta suerte: doce horas en un carro corriendo rápido a la línea.

A los doce años ya no pasabas tanto tiempo con nosotros. Empezabas a pasar más tiempo con las tías preparando las salsas o te acercabas al grupo de las teens, las cholas que se sentaban bajo un árbol para hablar y escuchar música oldie. Yo tampoco estaba tan interesado en los juegos: tenía mis cómics que siempre cargaba conmigo. Spider-Man, Fantastic Four, Green Lantern, Batman, Silver Surfer. A veces te sentabas conmigo para mirar los cómics. Pero eso no duro tanto: la llamada de las cholas era mucho más fuerte que el juramiento del Green Lantern entre los árboles.

Y te vi experimentar con:

peinarte a la chola,

pintarte a la chola,

vestirte a la chola.

Incluso te dieron un nombre, la Giggles.

Tú te fuiste con los cholos y a mí tocó estar exiliado al Planeta Cáncer cuando mi hermanita se enfermó. Nos fuimos al sur, a vivir al lado de la frontera. Pensé que jamás volvería a ver los volcanes, los huertos y el valle. Mi vida ahora era noches donde los reflectores de los helicópteros de la migra pasaban por entre las cortinas del apartamento. Afortunadamente, nuestro exilio duró poco: tres años. Regresamos al norte donde te encontré más metida en la onda chola.

Estoy sentado en un banco en el parque escuchando un casete de música punk que me mandó mi primo cuando te sientas a mi lado. Xavi, ¿qué onda? Me miras y me das un beso en la mejilla. Llevo una camiseta que me compré cuando vivía en San Diego. Es para una banda punk, The Zeros. Estoy muy metido en esa onda y tengo camisetas y casetes de música de the Plugz, the Bags, X, Dead Kennedys, the Brat y the Clash. Por las mañanas, cuando me cepillo los dientes, escucho a los Plugz y su versión de "La Bamba".

¿Así que vas a ser el punk rocker chicano del pueblo?

Alzo los abrazos. Intenté ser cholo, pero no me convenció.

Sonríes.

Estamos sentados en el banco por un tiempo sin decir nada. Miramos al pueblo, el loco Chale que se habla a sí mismo en el otro banco, los carros que entran y salen del supermercado, los morritos en bicis. Hace calor. Vemos pasar al Xipe, con su máscara de luchador puesta. Ninguno ríe como hacen los demás al verlo pasar. Nos da más bien pena la tristeza del Xipe. Y también siento un poco el pico de la culpa, ya que la semana pasada me había reído mucho de él cuando el Lalo, el Dani y yo le encontramos posando frente a la vitrina de JC Penney. Finalmente suspiras y me dices que no quieres conseguir un trabajo en el pueblo. Quieres estudiar en la universidad. No quieres una vida que consiste en bailes los viernes, comedias baratas en el cine los sábados y rodeos los domingos. No se te olviden las carnes asadas, le recuerdo. Ni eso. No quiero, no quiero, me dice.

Tampoco quieres una vida de cruising por el condado en la ranfla de Ramón. Te gustaría que fuéramos niños de nuevo, corriendo por entre los huertos, gritando el juramento de Green Lantern en la oscuridad y sin tener que preocuparnos por el futuro.

¿Vas a salir, verdad, Xavi? Vas a dejar este pueblo, ¿verdad?

No lo sé, le contesto.

Suspiras de nuevo y finalmente sonríes. Ya sé que tú sí vas a poder hacerlo. Solo júrame que me vas a decir lo que haces.

Fácil, Hopey. La fuerza del chisme es muy strong en este pueblito, siempre nos tendrá conectados ya que va desde aquí hasta todo el norte de México.

Te ríes. Es verdad, contestas. Te paras, te arreglas el pelo y luego me das un beso en la mejilla.

Hasta pronto, Giggles.

Cuídate, Punk Rocker.

El Santos y yo

Me encontré de nuevo con el Santos esa noche que crucé la línea para encontrarme con amigos en Tijuana. Terminamos en el Zacazonapan. Allí estaba. El Santos. La última vez que lo había visto fue en Iowa City cuando estuve visitando al Lalo que trabajaba allí en la universidad. Me llevó a su bar favorito del pueblo y allí encontramos al gigante del Santos, sentado en la barra en conversación con el dueño del bar. Santos. Siguió a una chava que estudiaba en el Workshop allá y cuando ella se fue, el bato se quedó.

Los inviernos son bien cabrones, loco, me dijo una tarde cuando tomábamos chelas en el Foxhead. Pero no me cae mal este pueblito. La gente es bien nice, no molestan a uno si vive en su carrito. Y me dan chambitas por aquí y por allá. Lo funny es que me llaman Preacherman. ¿Te cae? Preacherman? Pero no, todo suave aquí. Buti suave. Lo que sí es que los inviernos son bien pinches. Lo bueno es que

241

siempre hay algún good samaritan que me deja hacer un poco de couch surfing en su cantón. Cool, ¿no loco?

Tomó su cerveza y se puso a mirar los relojes que colgaban detrás del bar.

Nunca vas a llegar tarde en este congal, ese. Y lo mejor es que ninguno de esos pinches clocks funcionan.

Le decían el Santos. Bato de Sacramento. Uno de esos batos que uno siempre se encuentra por allí en Califas. Un veterano, Chicano, ex con. Originalmente de Sacras, había estado en la pinta en Soledad, donde cayó por drogas y la venta de un coche robado. Fue allí en la prisión de Soledad que el Santos se formó como poeta. Of course, decía con esa voz ronca por demasiado gin y bourbon. Of course, con un nombre así, ¿cómo no iba a terminar en poeta? Lo conocí en Stockton, recién salido de la pinta. Yo tocaba en esa época con una banda de rock y después del set, me fui a tomar unas frías al bar. Allí estaba. Tenía todo el brazo derecho tatuado con una imagen de un alambre de púas y en el medio una figura atrapada. Es la línea, me explicó. La frontera que atrapa a todos en su jaula. Es la línea que siempre llevo conmigo.

La segunda vez que me lo encontré fue en Santa Barbara. Vivía en el New Faulding Hotel, un hotel por el centro que alquilaba habitaciones para todo: por mes, por semana, por día. Incluso por minuto, me dijo el Santos. La neta, broder. Minuto. Trabajaba en La Casa de la Raza donde revisaba las cuentas del centro y en algunos eventos recitaba poesía.

Llegué a Santa Barbara porque necesitaba un cambio de aires después de lo de Alina. Nada más que la historia típica: boy meets girl, girl goes loca, boy se vuelve pendejo, girl se va. A pendejo's guide to el amor. Terminé estudiando en la universidad y conseguí cantón cerca del centro. Tenía un programa en la radio y muchas veces después del chou me iba con mi cuate el Chicano Art a buscar al Santos. Salíamos a rolar por allí, los bares de la raza en la calle Milpas o a comer en la taquería El Rincón Alteño. Varias noches terminamos con una botella de tequila en la habitación del Santos, los tres conversando sobre los dos temas favoritos del poeta: las morras y la poesía. Llevaba tatuado el nombre de una chica en el hombro.

Chequen, nos decía. Chequen esto. Aquí, aquí, aquí la tengo. Mi ruca, mi morra, mi beibi. Mi compañera. ¿Ves? Leticia. La Leti. Chequen. Chequen esto. Le. Ti. Cia. Tres sílabas. Chidas. Chiiiiidas.

Luego hablaba de otras morras: la Betty, una chola de Ventura; Tita, la de Santa María que le preparaba sus huevos ahogados como siempre le gustaban; Malena de Thousand Oaks; Perla de Wasco, una chicanita demasiada joven para el Santos pero que le alucinó con sus ojos claros, su pelo largo y lacio y su manera muy particular para meterlo en la cama. La conoció en una lectura en Bakersfield. Al principio no le puso tanta atención. Eres too young, beibi. Me vuelven a meter al tambo, le decía. Pero la Perla insistente. Hablaban por teléfono. Cuando pasaba por la zona, ahora Bakersfield, ahora Delano, ahora Visalia, ella allí. Incluso se encontraron una vez en el truck stop de Buttonwillow. Todavía la negaba. Beibi, eres too much. La voy a regar contigo. Hasta que una noche pudo convencerlo de pasar por ella al apartamento donde vivía con una amiga. Pasaron una semana en un motel en Bakersfield. Al final, él puso distancia y ella conoció a otro chico. La última vez que se vieron, en Fresno, sabía que ella se iba y se dio cuenta de que la quería. Y por única vez, consideró borrar el nombre de Leticia del hombro.

Pero no lo hizo porque, entre todas, siempre volvía con la Leti. Era su compañera, la que cargaba consigo en el hombro.

Cada noche que acabábamos en la habitación del Santos, terminaban con la memoria de la Leti. La traté mal, broders. Decía el Santos, ya entrado en varios tragos. No sabía qué era lo que tenía hasta que ya todo se había jodido. Hasta que ya todo era too late. ¿Saben? Too late. No going back, eses. Ya no es nada más que otro capítulo de este pinche guía de amor para pendejos.

Y aquí casi siempre se quedaba dormido. Chicano Art y yo sentados en el suelo, escuchando sus ronquidos y los sonidos que venían de afuera. Sirenas. Gritos. Carros.

Después de unos años rolando por aquí y por allá, el Santos terminó en Tijuana. Trabajaba en la reparación de carrocería con un cuate al que le decían el Diablo. El Diablo era un mexicano pelirrojo, pero su apodo venía por su arreglo de coches. Podía quitar golpes, choques, manchas de procedencia dudosa. Todos decían que su don por restaurar coches solo podía venir porque había hecho un trato con el diablo.

Cada viernes por la noche, el Diablo y el Santos caían al Zacazonapan. Se instalaban en una mesa en la esquina y empezaban a pedir Tecate. Las botellas se juntaban en la mesa. Hablaban bajito bajito, por debajo de la música de la rocola. El Diablo siempre pedía que Santos le leyera algún poema. Cuando llegué a la cantina en busca de mi compa Dani, que me dijo que iba a estar porque andaba entrevistando a un músico, así los encontré, en una mesa cerca de la puerta.

Hablaban de la Tecate como fuente de inspiración que llevaba a la poesía y a las morras. ¿Qué piensas, broder? Me preguntaba el Diablo. Y yo solo alzaba otra Tecate.

Reunión

Don Chale fue de los primeros de los viejitos que murió aquí en este pueblo. La viuda Lizárraga murió poco después. Luego siguieron los mayores de las familias Martínez, Vílchez, Garza, Barriga, Saldaña.

Después de la primera inmigración mexicana llegaron otras familias. Los Luna, Vaquera, Rosales, Curiel, Macías, Lucatero, Rodríguez, Vázquez. Algunos llegaron porque un pariente llegó primero y se jaló a los demás. Don Crescencio Vaquera cuenta de la mañana que bajó de la troca del contratista y miró la salida del sol por detrás de la sierra madre y la llanura que se extendía frente a él y decidió que allí quería quedarse para siempre. Otros llegaron porque fueron jalados por algún familiar o conocido. El hermano menor del general Vázquez —que así siempre se le conoció— vino porque estaba siguiendo los ojos verdes de Marina Curiel. Los padres de Santi llegaron de mojados, jalados por un tío de su padre que le prometía un buen jale en una lechería. Los jefes de Lalo también vinieron jalados por un pariente, los padres de Daniel. El caso de mis jefes era un poco complicado. Al casarse provocaron la ira de una de las familias poderosas del pueblo. Mis abuelos maternos para proteger a mis jefes los mandaron al norte. Esto, creo, fue la historia más escandalosa que conocíamos hasta que supimos de lo del papá de Esperanza. Parece que mató a alguien en su pueblo —según Esperanza era cuestión de venganza— y se vino al norte para escaparse.

Pero al final, parece que todos vinieron por la promesa de un pueblo tranquilo.

Y es verdad, este pueblo es tranquilo. Para algunos de los más chicos, es un pueblo aburrido. Entiendo eso perfectamente. Incluso no pude esperar para irme de este pinche pueblo en cuanto cumplí los dieciocho. Después de años de nómada —trabajé como locutor en Santa Barbara, velador de un camping en Winterhaven, asistente en la ferretería de un tío en la Ciudad de México, taxista en Oslo, ingeniero de grabación en un proyecto lingüístico en la selva Lacandona, empleado de hotel en Londres, maestro de inglés en Estambul, profesor de literatura chicana en Albuquerque— regresé a mi querido Califas para laburar en San Francisco. Cuando me llegó la invitación de la reunión de veinticinco años de mi generación de la secundaria, pensé en no ir. No había ido a la reunión de los diez años, ni de los veinte. No tenía ganas de ver la escena triste de cómo los que eran los populares en la clase seguían intentando mantener esa imagen de jóvenes promesas, ni quería pensar en cómo mantendría una conversación con alguien que no había visto en años. Al final, fueron Dani y Lalo quienes me convencieron.

Don Chale ya no está en su banca. El Xipe desapareció hace mucho, Dani me contó que fue después de la graduación de la secundaria. El Poncho Fernández ya no está. Después de lo que le pasó a su mujer dejó el trabajo en la universidad y desapareció. Al pasear frente a la secundaria noté que las cholas y los cholos ya no eran los mismos. En lugar de estar en el parque escuchando música Oldies, escuchaban Banda y música norteña. En el centro los comercios están todos cambiados. El cine donde trabajé en la secundaria ahora era iglesia bautista. El JC Penney cerró, como casi todos las viejas tiendas. El mercado de Big John's ahora es estacionamiento. Cuando era niño, no había ninguna tienda mexicana, ahora hay varias, incluso un par de restaurantes.

Para ver a los viejitos mi jefa me recomendó ir al casino de Corning, que allí me los encontraría. Tenía razón, me encontré con los mayores de los Rosales, los Curiel, los Fernández y los Rodríguez, sentados frente a las maquinitas mientras sus nietos esperaban aburridos. La reunión de secundaria también se hacía allí en el casino, y antes de pasar al salón, miré a los que llegaron temprano.

Algunos nos quedamos en el pueblo para trabajar en los ranchos, en los huertos o en la empacadora de nueces. Otros nos fuimos para hacer carreras en medicina, finanzas, periodismo o negocios. Algunos hicimos carreras académicas y trabajábamos en universidades. Uno que otro llegamos a Los Angeles para trabajar en la industria musical o en Hollywood, uno era locutor y hacía trailers para películas, otro era productor y otra dirigía programas de televisión. Algunos vivíamos entre el norte de México y el sur de California, otros pasábamos nuestras vidas conduciendo camiones de carga. Algunos morimos joven en guerras o en accidentes o por enfermedad o por drogas. Somos padres de hijos a punto de entrar a la universidad, o somos divorciados con hijos que casi nunca vemos, o somos solteros con la esperanza de siempre ser jóvenes. Somos dreamers que pensamos que algún día vamos a poder llegar a la promesa del American Dream, o somos ya mayores que sabemos que el American Dream nunca nos llegará, que no hay puerta dorada para nosotros. Vivimos guerras en el desierto o en la selva o en la ciudad. Desaparecimos pero dejamos alguna huella. Cruzamos fronteras. Sobrevivimos. Sufrimos. Ganamos. Vivimos.Vivimos.Vivimos.

Nota del autor

Cuando Pedro Medina León me preguntó si me interesaba sacar mi libro electrónico, *Luego el silencio*, en papel, como parte de una nueva iniciativa de Suburbano Ediciones, le contesté rápido. Me encantaba la invitación, pero le propuse la idea de una versión aumentada y remixed, una especie de Director's Cut. Le gustó la idea y me puse a armarlo. El resultado fue un libro con algunos de los mismos textos de *Luego el silencio* y otros más. Reconfigurado y readaptado, me di cuenta de que en vez de una versión 2.0, lo que tenía era otro libro, *En el Lost n' Found*. Este libro, una colección de cuentos viejos y nuevos, algunos perdidos y reencontrados, representa las versiones definitivas (espero, fingers crossed) de textos que salieron anteriormente en mi chapbook *Algún día te cuento las cosas que he visto* y en la colección *Luego el silencio*, y un reajuste y ampliación del mundo que vengo contando. Cuando salió mi libro anterior, *One Day I'll Tell You the Things I've Seen*, mi primero en inglés, un amigo comentó —tal vez contento— que ya no escribiría en español. La verdad es que me interesa seguir haciéndolo, sobre todo porque me parece importantísimo que la experiencia Chicana se cuente también en español, para que se vea que nuestras vidas bilingües siguen y se representan en la literatura. Cruzamos fronteras, pero aquí seguimos speaking Spanish e inglés, speaking Spanglish para demostrar que la vida en los USA es bilingual y que también podemos aportar a la experiencia latinoamericana. Me da un gusto enorme que los editores de Suburbano Ediciones apoyen estas experiencias de intercambio hemisférico. Gracias, gracias totales.

Albuquerque, marzo, 2016